くちなしの志士

～淵上郁太郎の幕末～

松崎　紀之介

文芸社

目次「くちなしの志士」

脱藩

筑後川と矢部川、それぞれ阿蘇山と三国山を源流とする二本の大河は、九州北部を東から西へ蛇行を繰り返しながら有明海へと注いでいる。

そこから運ばれる肥沃な土壌は、九州最大の平野を形成し、古来より人々の暮らしを支えているのだが、この筑後平野と呼ばれる穀倉地帯のほぼ中央に水田《みずた》という小さな村がある。その中央には村の名前の由来にもなった、嘉禄二年（一二二六）建立の水田天満宮が鎮座し、そこから東西に広がる道路沿いには百件ほどの家屋が軒を連ね、門前町を形成している。

その一角に「山梔窩《さんしか》」と呼ばれている、四畳半と縁側だけの小さな藁葺きの平屋が建っている。

「山梔窩」の「梔」は「梔子《くちなし》の花」のことで「口無し《くちな》」になることだという。

「山窩《さんか》」は、定住地を持たず日本中を少人数で移動し、生活する人々のことなので「山梔窩」は「今は何も語らないが、この住まいに定住しない」という意味になる。

文久元年（一八六一）十二月六日、この四畳半の部屋には三人の男が座っていた。

一人は、真木和泉守保臣《いずみのかみやすおみ》といい、この建物の主であり、名付け人である。

彼は、ここ山梔窩で近隣の青年を集め、塾を主催しているのだが、以前は三里（約十二キロ）ほど北の久留米にある水天宮の神職であり、久留米藩士であった。藩政改革の建白が藩主を怒らせたという理由で、嘉永五年（一八五二）五月、水田村に蟄居《ちっきょ》を命じられ、ここでの生活はすでに九年半を過ぎている。

もう一人は、淵上郁太郎《ふちがみいくたろう》で、山梔窩塾第一の秀才である。このとき齢二十五。

残りの一人は、出羽国庄内藩出身の郷士で清河八郎といい、江戸で幕府関係者を無礼打ちにしたことが原因で、今は逃亡中の身である。

外では小雪が舞っていた。ときおり柱と襖《ふすま》の隙間を通り抜ける冷たい風が、部屋の灯りを揺らしている。

清河は、福岡藩脱藩浪士・平野国臣《くにおみ》の紹介でここを訪れたことを告げると、いきなり幕府の無策をなじり、国の現状を嘆いてみせた。そして膝を突き合わせて座っている二人に向かって、九州各地で賛同者を募っているところだと打ち明けた。

「どうしようというのです」

「倒幕の挙兵です」

清河はこともなげに、郁太郎に向かって答えると続けた。

「すでに京にいる田中河内介の朝廷工作が成果を上げつつあり、今回の決起は平野も承知している」

田中は公卿・中山忠能《ただやす》に仕える青侍《あおざむらい》であったが、このときはすでに公武合体派の主家と袂を分かち、勤王の志士たちと交わるようになっていた。中山家に仕えていたとき、忠能の娘・慶子が孝明天皇の子を産んだ。田中はこの祐宮の教育係をしていたこともある。ちなみにこの祐宮が、後の明治天皇である。

清河が打ち明けた計画は、次のようなものであった。

一、幕府の命により京の相国寺に蟄居している獅子王院宮（中川宮）を助け、倒幕の詔勅を出していただく。
一、全国にいる同志に京に集まるよう呼びかけ、天皇の親兵とする。
一、上京計画のある薩摩藩を抱き込み、倒幕軍の主力とする。

そしてこう要請した。

「機は熟している。一緒に起《た》っていただきたい」

身振り手振りを交えて訴える清河の姿は、まるで名役者のようだった。

（短絡的な内容だ）

郁太郎は内心そう思った。

清河が考えるほど事が簡単に運ぶはずがないことは、当然わかっている。

だが、隣に座っている真木は、その場で拒否せずこういった。

「追って文《ふみ》にて連絡する」

それを聞いた清河は、一瞬不満そうな表情を見せたが、すぐに笑顔に戻ると、

「承知した」

といって、そそくさと平野の待つ、肥後の医師・松村大成宅へと去っていった。

「先生、清河という男、信用できますか」

郁太郎が師に疑念をぶつけると、真木は答えた。

「よくわからないところはあるが、賭けてみようと思う。策はこれから我々が練り上げていけばよい」

真木はこのとき四十九歳。しばしば吐血するようになっており、自分に残された時

間があまりないことを感じ、焦りもあった。

「しかし、初めて会う男に……」

郁太郎の言葉を遮ると、真木は重い息を吐くようにいった。

「彼らは私が協力しなくても、決起するだろう」

真木は、すでに腹を決めているようだった。

「決起することに意味があるのだ。志かなわず、命を落とすことがあってもよい。そのときは魁《さきがけ》となるのだ。私には後を託せる人物がいる」

真木は郁太郎の顔を見て、諭すような口ぶりでそういった。

郁太郎は無言のまま頷いた。

翌朝、真木は使いを走らせると、弟である大鳥居《おおとりい》信臣《のぶおみ》、真木直人、そして次男で嗣子《しし》の真木主馬《しゅめ》を山梔窩に集めた。

三人は、一様に覚悟していた時がきたと思ったのだろう。清河の記によると、

「委細《いさい》兄弟父子の者に申し聞かせ、今度の一条は容易ならぬ時勢相迫り候故《そうろうゆえ》、一家悉く《ことごと》義に命を差し出し申すべき事に契約」

したということである。

その後、郁太郎が呼ばれた。

「我が藩は、幕府の顔色を覗《うかが》うばかりで頼りにはできぬ。まずは他藩の力を借りて義徒と連携し、倒幕の狼煙《のろし》を上げるしかあるまい」

そう真木が宣言し、密談が開始された。

そこでは綿密な行動計画が練られた。

具体策の提案や修正といった作業が繰り返され、日暮れとなってようやく案がまとまったので、真木は筆をとって決起の策を書き記した。その後、真木直人は豊後へ、郁太郎は久留米城下へと同志を募るために旅立っていった。

真木は二人の出立を見届けると、水田天満宮神職の角大鳥居《すみおおとりい》照三郎のもとへ足を運び、

「一読後は焼却するよう伝えてくれ」

といって、書状を肥後の清河のところへ届けさせた。


ここで、淵上一族と淵上郁太郎について少し述べたい。

淵上一族は、関白・藤原道隆につながる家柄である。先祖となる藤原家綱が延応年間（一二三九～一二四〇）に地頭として筑後国に来住し、西牟田氏を称した。戦国時代に九州統一を目指す島津氏に駆逐されたが、その多くは近隣に土着。上妻郡淵上村

に移住した十二代西牟田重道が淵上を名乗り、淵上氏の始祖となっている。

郁太郎は、天保八年（一八三七）十月二十日、下妻郡水田村の淵上祐吉の次男として生まれた。生家は代々医業で生計を立てていたが、四歳上の兄・祐之が家業を継ぐ予定であったため、郁太郎は比較的自由な少年期を過ごすことができた。

「偉か先生が塾ば始められた」

そんな噂が水田村で広がったのは、郁太郎が上妻郡津江村の牛島益三のもとで、漢学を学んでいたときのことである。

郁太郎はさっそく、実家のすぐ側に開塾されたその門を叩いた。

これが山梔窩塾である。ここでは心身両面の充実を図る教育が施されたが、何といっても塾の特色は『国史略』を使いて日本史を教え、門下生一人一人に国のあり方について考えさせたことであろう。ペリーが浦賀に来航し、幕末の動乱が始まった時代背景もあり、門下生による議論はいつも白熱した。

「天皇を中心とした政治体制に戻す」

これは師である真木が考える国の理想の姿である。

真木はこの実現のために一身を捧げて突き進み、そのことは塾生たちの運命をも翻弄していくことになるのだが、それはまだ後年のことである。

郁太郎の生活に大きな変化が生じたのは安政二年（一八五五）、十九歳の夏の終わりであった。兄の祐之が病死したのだ。

郁太郎は兄に代わって医者になるため、熊本の外科医・鳩野宗巴《はとのそうは》のもとで学ぶことになった。約二年半の就学を終え、郁太郎は水田に帰ってきたが、すぐに開業することなく江戸に向かった。

江戸では医学を学ぶかたわら、真木の強い勧めもあり、後に『坂下門外の変（文久二年／一八六二）』を計画する大橋訥庵《とつあん》の思誠塾に入り、彼のもとで儒学を学んだ。

郁太郎が開業したのは、一年半ほどの江戸滞在から戻って二月ほどたった、万延元年（一八六〇）七月のことであった。

文久元年（一八六一）になると、久留米藩の藩校・明善堂の居寮生に選抜された。学者になることを期待されてのことだったが、肌に合わなかったのか、郁太郎はしばらくすると明善堂を辞した。そして今は水田の自宅で医者をしながら、両親と弟の謙三と暮らしている。

清河八郎が山梔窩を訪れて約一月半が過ぎた、文久二年（一八六二）一月二十八日、平野国臣が山梔窩にやってきた。一昨年九月の初訪問以来、これで実に七度目である。

今回は決起の打ち合わせ以外に、平野にはもう一つ重要な目的があった。かねてからの約束どおり、郁太郎の婚儀へ出席するためである。

この地では結婚の際に「婿《むこ》まぎらかし」役を立てるという、昔からの面白い風習があった。「婿まぎらかし」とは婿の付き添い人のことであり、この役を担うのは、村内の男というのが暗黙の了解であった。しかし、水田の人の大らかさからだろう。平野がこの役を引き受けることになっていた。

郁太郎の相手は、平野が水田滞在中に定宿としている豪農・下川瀬平の娘・政子。彼女は、明治二年（一八六九）に小松宮彰仁親王に嫁ぐことになる久留米藩主の息女・頼子姫に仕えていたこともあり、さりげない振る舞い一つ一つにも気品を感じさせる才女であった。

明治二十五年（一八九二）頃に淵上家の自宅前で撮られた家族写真では、凜とした姿勢で立っている、和服姿の彼女を見ることができる。

郁太郎が真木の勧めで、江戸の大橋訥庵の思誠塾にいたことはすでに書いた。

その頃、江戸の市民は物価の上昇、それに伴う治安の悪化に苦しんでいた。幕府はすでに西洋列強との貿易を開始しており、現代の私たちの常識で考えれば、交易は国の財政を潤し、民の生活の安定に寄与するはずなのだが、このときは逆のことが起こっていた。

儒学者である大橋は、この原因は幕府が列強との間に締結した不平等な通商条約にあると批判。そのうえで条約の破棄や外国人を排除しようとする、いわゆる攘夷論を主唱していた。

彼の影響もあってか、郁太郎は医学よりも儒学というものに惹かれていったようである。

郁太郎は大橋塾時代に父親に宛てて、

「学問を止めて医業に専念せよとの意見はもっともです。儒者になっても生活できないことはわかっていますが、学問というのは、文学をたくさん知ることではなく、忠孝の道を知り、本真の人間になるためのものです。学問なくては相叶わぬものなのです」

といった内容の手紙を書いている。以来「日夜の医者の勤めが大事だ」が父親の郁太郎への口癖となっていた。

早くに長男を亡くした父母が、結婚を機に医業に専念してくれるよう自分に期待している気持ちはよくわかっているが、郁太郎には譲れない秘めた信念があった。

婚儀の後に、ささやかな宴が開かれた。

郁太郎の持つ椀には次々と酒が注がれ、人々は晴れの門出を祝ってくれたが、酔いが回ることはなかった。

両親と妻になった政子の笑顔を見るのが切なかった。

心の中で郁太郎は何度も詫びた。


四日後の二月一日、藩命により江戸に向かう途中であった薩摩藩士の柴山愛次郎、橋口壮介が山梔窩の真木のもとを訪ねてきた。

二人は、二月二十五日に薩摩藩の国主・島津久光が上京の途に就くこと、久光側近の大久保一蔵（利通）が京より鹿児島へ帰国途中であることを伝えると、足早に去っていった。

真木は急いで、郁太郎と下川家に滞在している平野を呼んだ。

「鹿児島へ行くには、坊津《ぼうのつ》街道を通るに違いありません。幸い私の姉が羽犬塚《はいぬづか》の吉武家に嫁いでいますので、そこに大久保の動向を探らせましょう」

郁太郎はそういうと、すぐに弟の謙三を吉武家へ走らせた。

羽犬塚は、水田の北東約半里（約二キロ）にある坊津街道沿いに開けた宿場町である。

姉のそでは、何の躊躇《ちゅうちょ》もなくこの申し出を承諾してくれた。

その夫、吉武助左衛門から大久保一行到着の知らせが届いたのは、これより三日後の二月四日のことであった。

真木は夜になって山梔窩を抜け出すと、郁太郎、平野とともに吉武家に向かった。するると、しばらくして弟の謙三が息を切らしながら後を追ってきた。

三人で顔を見合わせていると、謙三は屈託のない笑顔で、

「護衛をします」

といった。淵上謙三、このとき二十二歳。尊敬する兄の郁太郎の後を追うように山梔窩塾の門下生となり、真木に師事したことは、謙三にとってごく自然なことであった。

「真木（保臣）のあるところ謙三あり」

と、彼は後年、諸国の志士たちの間でいわれるようになる。いつの頃からか、真木を護《まも》ることが自分の使命とばかりに、謙三はその側を離れなくなったのだ。

謙三が吉武家の玄関口に立っていると、大久保一行が吉武助左衛門に招かれてやってきた。

吉武は、大久保一人を真木らの待つ部屋に通した。

「今の国難を救うには、幕府に代わって貴藩のような大藩が、朝廷を中心とした新た

な政権を作り上げなければならない」

真木はそういって、薩摩藩の決断を迫りながら、すでにこれに賛同する者たちが京に集まってきていることを伝えると、大久保に願い出た。

「久光公の上洛の際は、ぜひ我々も一行に加えていただきたい」

大久保は何の関心も示さないようなそぶりで、

「承知致しかねる」

と、これを拒否し、

「薩摩藩は幕府を排除するつもりはない」

といって、席を立った。

三人に落胆はなかった。もちろん計画を断念するつもりもない。逆に自分たちが率先して動くことによって、薩摩藩を舞台に引きずり込んでやろう。そう誓いを立てた。

この夜、平野は志士糾合のため肥後へ去っていった。

翌五日、熊本藩士の宮部鼎蔵《ていぞう》が、八日には豊後の岡藩士・小河《おごう》弥右衛門が山梔窩を訪れ、決起の段取りを聞いていった。

（直人らの工作が実っている）

と、真木はうれしかったが、同時に失敗は許されないという気持ちがこみ上げてきて、身が引き締まる思いだった。

これより少し前のことであるが、真木は門下生に山梔窩での講義を中断して、脱藩する意思を伝えている。詳しい目的を尋ねられた真木は、

「機密を漏らすことはできぬ」

そう答えるのみであったという。

郁太郎は宮部との会談後、長州藩の久坂玄瑞《げんずい》に手紙を送った。

宮部からの紹介で、と前置きしたうえで、今回の義挙の計画を打ち明け、協力を依頼した。当時久坂は、長州、水戸、薩摩、土佐ら雄藩の連携に向けて尽力しており、尊王攘夷及び倒幕運動の中心的人物になりつつあった。

しばらくして久坂からは、武器と食料は長州藩が準備すること、長州滞在の際は宿泊先を提供することなど、配慮に満ちた返書が送られてきた。

この頃になると、山梔窩周辺のあわただしい動きを察知してか、久留米藩の監視が厳しくなっていた。

門下生の一人であった荘山敏功は後年、

「藩吏の警固も厳重であったから、之に捕へられはせまいかと恐ろしくなった事もあった」

と、当時の様子を述べている。

藩では、真木を蟄居先の水田から久留米に戻し、禁固する計画も進んでいるらしい。ぐずぐずしてはおれなかった。

二月十二日、京都に向けて大鳥居信臣が息子の菅吉、甥の宮崎土太郎を連れて脱藩していった。

二月十四日は郁太郎の番である。

この日、郁太郎はずっと机に向かって書き物をしていたが、このとき家族宛ての手紙も書いた。夜中になるのを待って身支度を整えると、玄関先にその手紙を置いて、悟られぬようそっと家を出た。

夫である郁太郎が去っていくのを、二階の同じ部屋で暮らしている政子は気づいていたはずである。

しかし、彼女は何もいわなかった。

（いとおしい……）

郁太郎は、ひとすじの涙が自分の頬を伝わるのを感じた。

少し寄り道をして、来迎寺で「五瓜に四ツ目」の家紋が刻まれた一族の墓に手を合わせた後、用心のため正面入口を避け、水田天満宮の裏手に広がる竹藪《やぶ》を掻き分けながら郁太郎は境内に入った。そこには約束どおり、角大鳥居照三郎が待っていた。二人は長州へ向けて出奔していった。

郁太郎の残していった手紙には、日々の親不孝を謝罪する言葉とともに、家族を安心させるためであろう。「大事」の「発端人の一人」として出奔するが、五月上旬には帰ることができるだろうから心配しないようにと書かれていた。

政子を妻として迎えてから、わずか十七日後のことだった。

二日後の十六日には、真木保臣が藩の役人が遠巻きに囲む中、不安そうに見守る門下生に向かって、

「必ず迎えにくる。それまで待っていてくれ」

と言い残し、淵上謙三、吉武助左衛門を伴い薩摩を目指し去っていった。

こうして、山梔窩は無人となった。

捕縛

文久二年（一八六二）二月十六日、郁太郎は牟田大介と名乗り、白石正一郎宅にいた。牟田と称したのは、先祖の姓である西牟田から採ったものであろう。

下関の豪商である白石は、志士たちのスポンサーとでもいうべき人物で、幕末から明治にかけての激動の日々を克明につづった『白石正一郎日記』と呼ばれる日記を遺したことで知られている。

この日以降、郁太郎と白石の交流が始まり、白石の日記には、郁太郎の動静が書き記されていくことになる。

郁太郎は白石宅で一泊し、翌日、長州が藩庁を構える萩へ向かった。

久坂玄瑞のいる杉家を訪ねたのは、十九日の朝のことである。

「よくお越しくださいました」

久坂は、郁太郎の来訪を予期していたかのような態度で迎えてくれた。

「沈実樸毅《ちんじつぼくき》の人」

久坂はこの日の日記に、郁太郎のことをこう記している。落ち着きがあり、実直で、飾り気がなく、動じない人、といった意味であろうか。

よほど気が合ったのだろう。久坂は、

「会わせたい人がいる」

というと、そそくさと準備をして外出してしまった。

郁太郎がいったん宿泊先の中野屋へ戻っていると、一刻（約二時間）ほどして久坂がやってきた。

「金子屋に行こう」

郁太郎は久坂に誘われるまま、近くの旅籠を訪ねた。そこには一人の恰幅のいい男が待っていた。久坂は郁太郎と別れてこの男と会っていたのであった。

男は、土佐藩の吉村寅太郎と自己紹介した。吉村は後に「天誅組」と呼ばれる倒幕の義兵集団を組織する人物である。

ここで、郁太郎は吉村から衝撃の事件を聞かされることになる。

一月十五日、江戸で老中の安藤信正が襲撃され、首謀者として大橋訥庵が捕縛されたというのだ。世にいう『坂下門外の変』である。

「大橋先生はどうなりましたか」

郁太郎は吉村にあわてて尋ねた。

「捕らえられた後のことはわかりません」

「……」

しばらく沈黙の時間が続いたが、郁太郎は気持ちを切り替え、脱藩のいきさつを二人に語ると、

「今回の義挙は、単に幕府の要人を斬ることが目的ではありません。全国の志士たちと連携を図り、薩摩藩とともに倒幕の挙兵をするのです。協力をお願いしたい」

と呼びかけた。すると、

「やりましょう」

と、先に久坂がいい、吉村も賛同してくれた。

郁太郎は二人と京での再会を申し合わせると、久留米から脱藩してくる同志を迎えるため、下関へ戻っていった。

余談だが、この一月ほど前、土佐の坂本龍馬が久坂を訪ね、武市半平太宛ての書簡を託されている。このとき坂本は齢二十八。天保八年（一八三七）生まれの郁太郎よ

りも二歳年嵩だが、まだ脱藩前で武市の結成した「土佐勤王党」の一員という立場でしかなかった。

後年、郁太郎と坂本は、それぞれが薩摩藩と長州藩の橋渡しに尽力していくことになるのだが、現在の二人の盛名を比較すると、愕然《がくぜん》とするものがある。大藩である薩摩と長州を連携させ、倒幕のための強大な力とする案は時代の趨勢《すうせい》であったと思うが、実は先に動いたのは、郁太郎の方である。


郁太郎の故郷である久留米藩二十一万石は、藩主・有馬家の一族にあたる家老の有馬監物《けんもつ》が実権を握っていた。

「真木一派の数人が長州へ向かったようだ」

この情報を得てからの有馬の行動は素早かった。

直ちに大規模な捕縛団を結成すると、

「大事が起こらぬうちに必ず捕らえよ」

と厳命した。

真木らの脱藩は、藩の存続に重大な影響を及ぼす恐れがあると判断したのである。

すぐに長州へ向かう主要街道には見張りが立ち、長州藩内にも町人などに化けた捕縛団が潜入を始めた。

一方、京を目指していた大鳥居信臣一行は、長州藩の支藩である長府の城下（現・山口県下関市）に差し掛かっていた。

そのときである。突然武装した数人の一団が城下の路地から一斉《いっせい》に躍り出て、一行を包囲するように取り巻いた。大鳥居らは一瞬何が起こったかわからないまま、刀に手をあて臨戦態勢を整えた。ここで捕縛団の一人である柳健蔵が「久留米藩の者だ」と叫んだので、ようやく状況を把握することができたが、その間も彼らは、間合いをじりじりと詰めながら迫ってきた。

（毛利家の領内で同士打ちをするわけにはいかない）

大鳥居はとっさにそう判断すると、息子の菅吉、甥の宮崎とともにおとなしく縛《ばく》についた。

人々が心配そうに見守る中、大鳥居らはそのまま久留米へ連行されることになった。途中、休憩のため筑前黒崎（現・福岡県北九州市）の宿に立ち寄ったときだった。

「すべての責任はこの私にある」

と、大鳥居はいきなり大声を発すると、すばやく腰から短刀を抜き、それを自らの腹部に突き立てた。

彼は、父の名を呼びながら駆け寄った息子の菅吉に、

「大義を忘れるな」

と言い残し、そのまま絶命した。

水田を出てわずか八日後の二月二十日のことであった。

大鳥居信臣は今回脱藩した者たちの中で、最初の犠牲者となった。享年四十六。

その日のうちに大鳥居自害の情報は白石正一郎宅へもたらされた。驚愕《きょうがく》した白石は郁太郎に危急を知らせるため、すぐに飛脚の嘉吉を萩へ遣わしたが、郁太郎は嘉吉と出会うことなく、萩からの帰途、秋吉台（現・山口県美祢市）において追跡してきた捕縛団に捕らえられてしまった。

（殺されるかもしれない）

自由を奪われた籠《かご》の中で、郁太郎を死の恐怖が幾度も襲った。

しかし、久留米に着いてからの藩の対応は意外なものであった。取り調べは形式的で、その間、読み書きも許された。

藩が厳罰に処さなかったのは、郁太郎の能力を惜しんだからではない。そこには倒幕勢力が力を持てば、郁太郎を利用してやろうという、有馬の老練でしたたかな計算があった。

「獄に放り込んでおけ」

有馬は部下にそう命じると、これで幕府への忠誠も見せることができたと満足の表情を浮かべた。


一方、薩摩に向かった真木保臣は、鹿児島城下にいた。途中、出発に遅れた真木の四男・菊四郎が肥後の松村宅で追い着いてきて、一行は四人となっていた。

二月二十八日、真木らの宿泊地を大久保一蔵（利通）が訪ねてきた。真木はこのときも、自分たちを上洛する薩摩藩の一行に加えてくれるよう要請したが、大久保の容れるところとはならなかった。

その後、大久保は真木らに、

「藩境には久留米藩の捕縛団が待ち構えている」

といって、町会所を提供すると、そこに体よく軟禁してしまった。

彼らを倒幕運動の危険人物とみなし、久光の上洛を前に野に放つことは危険と考えたためである。

三月十六日、薩摩の精兵九百人が鹿児島を出発していった。

真木らが軟禁を解かれたのは、それから半月後の二十九日のことである。すぐに一行は、鹿児島を出立し宮崎へ向かった。そこから船を乗り継ぎながら、日向路を北上。豊後の佐賀関（現・大分市）でようやく漁船を借り上げることに成功し、四月二十一日に大坂に到着することができた。

夜になって、田中河内介、薩摩の柴山愛次郎、橋口壮介の三人が、真木の宿泊する松屋を訪ねてきた。

「薩摩が動かぬ」

いきなり田中はそういうと、唇を噛んだ。

事情を訊いてみると、大坂に到着した久光は、四月十六日、少人数で上洛をして、姻戚関係にある近衛邸において幕政改革の趣意書を提出し、そのまま京に居座っている。その間、大坂薩摩藩蔵屋敷に集結している志士たちは、無視され続けているということだった。

「久光の目的は倒幕ではなく、単なる薩摩の影響力拡大ではないか」

田中はいぶかった。

「それでどうするつもりですか」

「実は、本日決起する予定だったが……」

真木の問いかけに田中はそういって、おもむろに持参した地図を広げ、作戦の説明を始めた。
一、第一隊は、薩摩勢を中核として、先発して淀川を遡り、佐幕派の九条尚忠《ひさただ》関白邸を襲う。
一、第二隊は、岡藩の小河弥右衛門を総督として、朝廷工作を行い、倒幕の詔勅を出していただく。
一、第三隊は、長州勢をもって、二条城北の所司代屋敷を襲う。
緒戦を制すれば兵が集まり、やがて協力する藩が現れる。それが田中らの読みであった。

「我々だけで始めるしかありませんな」

真木のその言葉に、田中はすぐさま反応した。

「第一隊の総督を引き受けていただきたい」

横にいる柴山と橋口も「ぜひお願いしたい」と同調した。

真木はこの要請に何度も、

「主力の薩摩勢の中から」

と固辞したが、了解を得るまではここを動かぬということになり、最後は引き受けることになった。

どうやら三人の中では事前に決めていたものらしい。

第一隊の出発は、二日後の二十三日朝と決まった。

翌日になって、真木一行が淀川沿いの八軒屋に宿を移したときだった。思いがけない人物が宿を訪ねてきた。

それは、山梔窩門下生の古賀（井村）簡二だった。

「藩役人から訊問されそうになったので、その前に脱藩してきた」

驚いた表情で見つめている謙三に、古賀は笑って答えると、こう続けた。

「自分の他に久留米から五名が脱藩し、薩摩藩蔵屋敷の二十八番長屋に潜んでいる」

古賀は五名の者とともに、明日出発の一行に加わることを伝えにきたのだった。

「ところで兄と大鳥居先生はきていますか」

謙三の問いに、

「大坂には……」

一呼吸あって、古賀は目を伏せながら申し訳なさそうな顔をし、吐き出すようにいった。

「郁太郎さんは捕縛され、大鳥居先生は自害されたと聞いた……」

「兄は……」

謙三はそういいかけて、口ごもってしまった。

（大事の前に私情を挟むべきではない）

そう思ったからである。

二十三日朝、十名となった真木一行は、予定どおり船で大坂を発ち、夕刻に京・伏見の寺田屋に到着した。

そこにはすでに田中河内介をはじめ、薩摩藩士ら三十数人が集まっていて、出陣の準備に取り掛かっていた。

ここで事態が動いた。

彼らの動きを察知した島津久光が、鎮撫使《ちんぶし》・奈良原喜八郎ら九名を寺田屋に急行させたのだ。

このとき奈良原らは、寺田屋に参集した薩摩藩士が久光の意に従わない場合は、斬殺してもよいとの非情な命を受けていた。

「浪士と結託し行動すべからず。これは上意である！」

奈良原は寺田屋に押し入ると、薩摩藩士に向かってそう叫んだ。

しばらく押し問答が続いたが、とうとう同士打ちとなった。

寺田屋に集まっていた柴山愛次郎、橋口壮介ら薩摩藩士六名が斬殺され、二名が重傷。討手側も一名が犠牲となった。

これが後年『寺田屋騒動（薩摩藩志士粛清事件）』と呼ばれる事件である。

別の部屋に待機していた真木や田中河内介らは、薩摩藩の保護下におかれた。

四月二十九日になって、真木一行は久留米藩に身柄を送られ、藩の大坂での定宿だった堂島森久屋に収容されることになった。

一方、田中は鹿児島へ連行される途中、息子の瑳磨介らとともに薩摩兵により斬殺され、遺体は海上に投じられた。

久光の上京を機に一挙に倒幕を決行しようとした今回の計画は、こうしてあっけなく瓦解《がかい》した。


五月二十五日、この日は後醍醐天皇に忠義を尽くし『湊川の戦い』で戦死した武将・楠木正成《まさしげ》の命日である。真木は彼の命日には行事を欠かさず、このときも留置先の堂島森久屋で謙三らと楠公祭を開催、その霊を弔った。

このとき謙三が詠んだ短歌が残っているので、紹介しておきたい。

万世に 流れて絶えぬ みなと川
清けき水を 我もくまなむ

古賀簡二が寝込むようになったのは、それから間もなくのことだった。

養生することでいったん熱は下がったが、六月になると全身に紅班《こうはん》が現れ、再び高熱を発するようになった。

麻疹《はしか》に感染したのである。文久二年（一八六二）は、麻疹が全国で大流行し、それによって多くの命が奪われた年であった。

古賀は合併症も患ったのだろう。体力もしだいに失われ、声も出なくなった。謙三らは声をかけ合い励まし続けたが、とうとう六月十八日に落命してしまった。享年二十四。

なお、古賀の早すぎる死を深く悲しんだ真木は、葬儀及び追悼の様子を詳しく書簡に記して父親の寿八に送っているが、それは今も遺族によって大切に保管されている。

真木らの久留米への護送は、古賀の死などにより何度か日延べがあったが、七月九日に決行され、一行は宿泊を重ねながら、七月十七日、久留米に到着した。

このとき沿道には、一行を一目見ようと野次馬が押しかけていたが、真木らは堂々と顔を上げて進んだので、かえって見物人が顔を伏せる有様だったという。

真木のみが荘島揚屋《あがりや》（牢獄）に入れられ、その他の八名はそれぞれ謹慎処分となった。

真木と入れ替わるように、郁太郎は謹慎を言い渡された。

牢を出た郁太郎は、おぼつかない足取りで一歩一歩かみしめるように前へ進んだ。衰えた体力のため、始めは、自宅までの三里（約十二キロ）の道のりがとても長く感じられたが、ようやく久留米の市街地を抜けると、一面に広がるなつかしい田園風景が元気を与えてくれたようだった。

自宅では妻の政子と両親、そして謹慎中の弟・謙三が笑顔で迎えてくれた。五月ぶりの再会であった。

命の危険は薄れたものの、謹慎生活中、京や江戸で何か大事が起こっているのではないかという不安や、そうであっても何もできないといった苛立ちが、絶えず郁太郎を苦しめた。それでも謹慎に期限の定めでもあれば、少しは気が休まるのだろうが、それもない。いっそまた脱藩しようかという気持ちさえもこみ上げてくる。郁太郎はこうした思いを断ち切ろうと、ひたすら読書と体力づくりに没頭していった。

この頃、淵上家では、蓄えを取り崩す苦しい生活が続いていた。

また、久留米藩の者がときおりやってきては、近隣の家々で淵上家の様子を聞いて廻るので、後難を恐れて親しく近所付き合いをする者もしだいに少なくなっていった。そのため油や塩など生活必需品の調達にも困るようになり、政子の妹・たつが、それらを運んできてくれることもしばしばであった。

政子は、こうした状況でも明るかった。彼女は郁太郎の心を少しでもやわらげようと、小さな庭の片隅に蘭《らん》の花を植えた。


中央情勢は大きく動いていた。

『寺田屋騒動』の後、島津久光は、勅使として公卿の大原重徳《しげとみ》を奉じて江戸に赴くと、彼の思惑どおり、新設された将軍後見職に一橋慶喜《よしのぶ》、政事総裁職に松平春嶽《しゅんがく》を就任させ、幕府に薩摩藩の存在を示すことに成功していた。

一方、尊王攘夷派が権力の中枢に座った長州藩は、八月に藩世子（藩主の世継）の毛利定広（元徳）が、朝廷の意向であるとして幕府に『安政の大獄』以降に国事のために罪を問われた者たちの赦免を要求。さらに十月には、江戸に下った公卿の三条実美《さねとみ》、姉小路公知《きんとも》を奉じ、幕府に攘夷を実行するよう迫っていた。

対する幕府も、薩摩・長州両藩の動きを牽制するため、翌文久三年（一八六三）一月五日に将軍後見職の一橋慶喜を、次いで二月四日に政事総裁職の松平春嶽を入京させていた。政《まつりごと》の中心が江戸から京へ移った、そういってもいい状況であった。こうして京では、幕府、薩摩、長州が、朝廷を巻き込む形で、熾烈《しれつ》な権力闘争を繰り広げるようになったのである。

そんな中、尊皇攘夷を掲げる長州藩は、急進派公家の抱き込みに成功。朝廷を動かすことで、しだいに薩摩や幕府を圧するほどに勢力を拡大していった。このとき自らの威勢に浮かれていた長州藩は、薩摩の不興を買っていたことには気づかなかった。薩摩藩は『寺田屋騒動』以降、諸国の志士たちの支持が急速に長州へと傾くのを傍観する以外に策もなく、さらに毛利定広が朝廷から幕府に渡すよう授かった赦免のリストに、寺田屋で斬殺された柴山愛次郎ら薩摩藩士が含まれていたことに、面目を潰された格好となっていたのである。だが、薩摩と長州の権力争いが表面化するのは、まだ先のことである。

そして久留米藩も、こうした中央情勢と無縁ではなかった。

藩内の尊王攘夷派が、真木らの解放を朝廷や長州藩に積極的に働きかけた結果、公卿の正親町三条《おおぎまちさんじょう》実愛《さねなる》より久留米藩主・有馬慶頼《よしより》（頼咸《よりしげ》）に、真木らの免罪を希望する旨が伝えられたのである。さらに藩主の異母兄である津和野藩主・亀井茲監《これみ》からも赦免勧告が出されたため、ついに真木の保釈、郁太郎らの謹慎解除の藩令が発せられた。

文久三年（一八六三）二月四日のことであった。

救出

　文久三年（一八六三）二月五日、久留米藩の使いが淵上家を訪れ、郁太郎はようやく自分が自由の身になったことを知った。真木も荘島揚屋（牢獄）を出て、実家の水天宮に戻ったという。

　使者が帰っていくのを確認すると、郁太郎はすぐに支度を整え、久留米に向かい、ほぼ一年ぶりに師と対座した。

「我々が再会を果たすことができたのは、藩内の一部の者たちが危険を顧みず、朝廷などに働きかけてくれたからだと聞いた。私はしばらくここに残って、彼らと協力し、藩是を尊王攘夷に変える努力をしたい」

　そういう真木に、郁太郎は己の決意を表明した。

「それでは、私は直ちに京に上ります」

　すると、真木は思いもよらないことをいった。

「いや、このまましばらく様子を見てほしい」

　郁太郎はすぐに理由を尋ねてみた。

（これ以上無為に時間を過ごせない）

　そう思っていたからである。

「近いうちに藩より沙汰があることになっている」

　真木は先にそう答えると、藩主の有馬慶頼に呼ばれ、面談したことを語り始めた。

　郁太郎がここにやってくる少し前のことである。

　そのとき真木は、藩政への意見を求めた藩主に、これからは幕府一辺倒ではなく、朝廷との関係が深い薩摩藩や長州藩と結びつきを強化しておくべきで、その際には自分らをぜひ起用してほしいと進言していたのである。

（藩の対応を見極めてから、行動を起こそうということだな）

　真木の話を聞きながら郁太郎はそう思った。しかし、定見を持たず左右の意見に揺れ動く傾向がある藩主に期待しすぎるのは危険だと考えたため、真木の提案に同意したうえで、こう言い足した。

「過ぎたことかもしれませんが、ただ用心を忘れないでください」

それから十一日後の二月十六日、藩庁より真木のもとへ、次のような沙汰が届いた。

「京都藩邸にいる馬淵貢のもとで、朝廷の御用を務めよ」

馬淵は寺社奉行時代、真木に水田での蟄居を命じた当人である。

真木は、郁太郎ら他の同志たちについての言及がないとして態度を保留した。

二月二十二日になって、今度は藩主・慶頼から呼び出しがあった。

「参政・不破美作《みまさか》の指揮のもと、鹿児島へ往け」

藩主直々の命令でもあり、真木はこれを承諾せざるを得なかったが、今回も求めていた郁太郎らの処遇について何の達示もなかった。

真木はこのことを、直接慶頼に尋ねてみようとも考えたが、前回話をしたときとは明らかに違う、彼の何かなげやりな態度を見ていると、その気も失せてしまった。

下城した真木は、郁太郎にいきさつを包み隠さず語った。郁太郎は落胆する様子もなく、弟の謙三に真木の補佐を頼むと、すぐに上京の準備に取り掛かった。

気丈夫に振る舞っていた政子の表情が崩れたのは、郁太郎が家を出るときであった。目からは大粒の涙がこぼれていた。彼女は目立ち始めた腹を抱えながら、夫の姿が見えなくなっても、しばらくその場に立ったまま、家の中に戻ろうとはしなかった。

このとき政子は懐妊していた。

京において、長州藩が政治的影響力を拡大しつつあることは前に述べた。

その中心には久坂玄瑞がいた。

「賀茂神社への行幸《ぎょうこう》に将軍も参拝させる」

京の長州藩邸を訪ねた郁太郎に向かい、久坂はいささか興奮したような面持ちで語り始めた。先日、東山の翠紅館《すいこうかん》で会議を主催したときに集まった、肥後、土佐、対馬といった諸藩の尊王攘夷派の志士たちと、そのことを決定したという。

賀茂神社は、平安京遷都の際に桓武天皇が行幸して以来、祭（葵祭《あおいまつり》）を勅祭にするなど、朝廷との縁が深い神社の一つである。

どうやら今回の将軍の上洛も、朝廷と長州藩が画策したもののようだった。

「壮大な行幸にさせる」

とも久坂はいった。

「幕府に攘夷ができますか」

「そのときは幕府を討つまで」

久坂は平然と答えた。

孝明天皇が公卿、十四代将軍・徳川家茂《いえもち》、諸大名を従えて賀茂神社に行幸したのは、文久三年（一八六三）三月十一日だった。天皇の行幸自体が実に二百三十七年ぶりのことで、その目的が外国船を打ち払う「攘夷祈願」というのだから、この時代に大きくうねり始めた治世の変革を知らしめるには十分な効果があった。

（久坂の思惑どおりだ）

雨の中、沿道でその壮大な行列を見ながら、郁太郎はそう思った。

真木の弟である直人が郁太郎を訪ねてきたのは、それから四日後のことである。

郁太郎は、三条実美に彼を紹介した。

「天皇自らが攘夷に当たる覚悟ならば、公卿・諸侯はもちろん、庶民も発奮します。そして新たに政府をつくり、諸侯とともに政治を行ってほしい」

直人は兄・保臣の伝言を申し述べると、三条の前に進み出て、

「詳細はここに記してあります」

といって、真木の著した『上孝明天皇封事』、『勢・断・労三条』、『三条公に上りし書』を手渡した。「封事」とは、意見書のことである。

続けて二人は、中山忠光に面会した。彼は中山忠能の七男で、教育係であった田中河内介の影響を受け、急進的な攘夷思想を持った公家である。まだ十九歳の若者で、この年の二月に朝廷が新設した国事を議論する「国事寄人《こくじよりうど》」の一人となっていた。

彼は当初、真木がいないことに不満そうであったが、そのことを察した郁太郎が、真木は久留米藩の命を受けて鹿児島に赴いており、上京が遅れていることを丁寧に説明すると機嫌を直した。その後は笑顔で直人の話に耳を傾けていたが、しばらくすると話に飽きたのか、おもむろに郁太郎の方に顔を向け、

「次は真木を連れてくるように」

そう言い残して、自室に戻っていった。

なお、郁太郎に真木の来訪を求めた中山であったが、本人はその言葉を忘れたかのように、この後すぐに官位を返上し長州に下っている。

結果的にこのことが、この先、危機に陥ることになる真木や直人を救う一因となるのだが……。


四月十一日、今度は石清水八幡宮への行幸が実施された。

これも朝廷や長州藩による画策であるが、将軍・家茂は、参列すれば攘夷の期日を約束させせられると、うすうす感づいていたため、このときは病気を理由に参列をとり止めている。さらに家茂は、このまま京都に居続ければどういう難題を押し付けられるかもわからないとの思いから、先手を取る形に出た。

当時外国船来襲の噂があった大坂湾を巡視するという名目で、朝廷へ退京を願い出たのである。

だが、これが裏目に出た。これを好機と捉えた朝廷は、

「攘夷期日の決定後に、下坂するように」

と迫った。

家茂はとうとう、

「五月十日に……」

と回答し、四月二十一日、京から逃げるように大坂へと去っていった。

すぐに朝廷は将軍の動静監視も兼ねて、幕府に攘夷を迫っていた姉小路公知に大坂湾の沿海警備巡視を命じた。

二十三日、姉小路は、郁太郎をはじめ、長州、熊本、紀州の藩士ら七十人ほどを引き連れ、大坂に下っていった。

「久留米藩内で、何か深刻な事態が発生したようだ」

こうした噂を郁太郎が耳にしたのは、大坂に着いてからすぐのことだった。

郁太郎は方々に使いを出し、また、夜になって直接久留米藩の大坂藩邸に出向くなど情報収集に努めたが、詳しい内容どころか、話の出どころすら掴めなかった。

（藩邸内にはかん口令が敷かれているのではないか）

妙な胸騒ぎがしたので、郁太郎はその足で姉小路の宿泊先を訪ね、

「巡行を辞したい」

と申し出た。

姉小路も噂のことは耳にしていた。姉小路は、郁太郎が不測の事態に巻き込まれることを心配し、あわてて行動するより、まずは正確な情報を得ることが先決だとして、このまま上方に留まるよう求めた。

郁太郎が弟の謙三に宛てた四月二十八日付の手紙には「御国元」で「何か混雑（いざこざ）」が起きたようなので、すぐに国元へ戻ろうとしたところ「勅使姉小路様」より「引留」られたと、このときの様子が記されている。

五月二日、沿海警備巡視を終え帰京した郁太郎は、久留米藩と取り引きのある商家などをしらみつぶしに廻ってみたが、みんな首を横に振るばかりで、有力な情報を得ることはできなかった。

こうした中、久留米藩の小川佐吉と深野孫兵衛が、郁太郎のもとを訪ねてきた。このとき二人は町人に扮《ふん》していた。

「どうしたのですか」

あわてて理由を尋ねてみると、驚愕の事実が明らかとなった。真木をはじめ、久留米の尊王攘夷派二十数人が有馬監物らによって捕縛され、訊問を受けているというのだ。その中には弟の謙三も含まれていた。

二人は、早川与一郎が記した久坂宛ての手紙を持参していたので、郁太郎はすぐに彼らを連れて長州藩邸に向かった。

久坂は国元に帰って不在だったが、代わりに重臣の清水清太郎（親知）が面会に応じてくれた。幸い清水と郁太郎は、大橋訥庵の塾で学んだ同門だったこともあり懇意であった。清水は久坂に代わって手紙を披《ひら》くと、即座に真木らを救うことを約束してくれた。

余談だが、清水清太郎は、羽柴（豊臣）秀吉による『備中高松城の水攻め』で知られる戦国武将、清水宗治の子孫である。高松城主であった宗治は、秀吉側が出した講和の条件として詰め腹を切らされている。天下を取った後、秀吉は宗治の忠義を讃え、子の景治を大名として取り立てようとしたが、景治は毛利家の臣下に残る道を選んだという。

「三条卿を加えて対策を練る方がよい」

郁太郎と清水の意見が一致したので、清水はさっそく三条実美邸に使いを出したが、あいにく三条は不在であった。そこで郁太郎は、清水と明朝に三条邸を訪問することを約すると、彼に小川と深野の保護を頼んで藩邸を後にした。

そこから郁太郎は、津和野藩邸までのおよそ一里（約四キロ）を一気に奔《はし》った。

津和野藩では情報収集係ともいうべき福羽文三郎が応対した。

「また、そういうことになりましたか」

皮肉のような言葉を発しつつも、福羽は郁太郎の助力要請に快く応じてくれた。

翌日、郁太郎と清水は三条に会って事情を説明した。

三条は黙って聞いていたが、しばらくすると別室に立って書状を持って戻ってきた。

「これを」

そういって、三条は二人に書状を差し出した。それは三条から久留米藩主宛ての要求書で「正論有志の士である真木保臣以下禁固中の者を即刻解放するように」といった内容であった。だが、これだけでは心もとないと思ったのか、

「関白の書状も準備しよう」

そう二人に告げると、三条は、一月に関白に就任したばかりの鷹司《たかつかさ》輔熙《すけひろ》邸に出かけていった。

その間に二人は姉小路公知を訪ねた。

郁太郎が三条邸での話をすると、姉小路はすぐに賛同してくれた。

さっそく協議が始まり、関白の書を誰に届けさせるかということになった。

「誰が適当か」

姉小路が問うたので、郁太郎はとっさにこう返答した。

「渡辺内膳《ないぜん》様に」

渡辺は久留米藩の中老役で、このとき京都藩邸にいた。

実直な性格で人望も厚い渡辺は、藩邸では政務全体を取り仕切る立場として、堅実に勤めを果たしている人物だった。

少し前の話になるが、郁太郎が脱藩した際、渡辺は、奉行として残った家族たちへの取り調べをした責任者だったのだが、このとき渡辺が執った措置は寛大で、郁太郎は密かに彼に対して感謝の念を抱いていた。

それからしばらくして、姉小路は、三条西季知《すえとも》や東久世通禧《みちとみ》らと連名の書状を久留米藩邸へ送付し、郁太郎と渡辺を指名して呼び出した。書状に目を通した渡辺は、自分以外になぜ郁太郎が選ばれたのか、わからないようだった。真木保臣の優秀な弟子であることは知っていても、藩士でもない郁太郎が、長州藩やましてや尊王攘夷派の公卿たちに志士として知られる存在になっていることなど、これまで藩の業務をただ実直にこなしてきた渡辺には、想像もできなかったのかもしれない。

「内旨である。藩主・慶頼公に直接会って伝えよ」

渡辺は恐縮しながら、列座する公卿らの前に進み出た。そして鷹司関白の書状をうやうやしく拝受すると、深々とお辞儀をして退室していった。

続いて郁太郎が部屋を出ようとしたときだった。姉小路が近づいてきて、耳元で囁《ささや》いた。

「これでよいか」

郁太郎は小さく頷いた。このとき郁太郎は、この三歳年下の青年公卿と心を通わせたような気がした。少なくとも三条実美と並び、攘夷派の先鋒的存在となっている姉小路は、郁太郎たち志士にとって、頼れる存在であることは間違いなかった。


郁太郎が姉小路と面会していた頃、長州藩の山県九右衛門、杉山松助は、三条の書状を持って久留米に向かっていた。

途中、大坂で津和野藩の福羽文三郎と小林弥助が追いかけてきて「この件は久留米藩主の弟である我が主君・茲監公が解決するから」といって、二人に京都へ引き返すよう依頼した。しかし、山県は朝命であるとして丁寧にこれを断ったので、結局、四人で共に下っていくことになった。

郁太郎と渡辺も、山県らの後に続いた。

五月十四日、山県らが久留米に到着。少し遅れて郁太郎らも帰着した。

これより三日前のことになるが、すでに久留米で藩主・慶頼との面会を申し入れていた人物がいた。

宮中から脱し、長州へ下った公家の中山忠光である。

彼は、元熊本藩士の宮部春蔵が下関の豪商・白石正一郎宅を訪れたとき、たまたまその場に居合わせたのだが、宮部から真木ら尊攘派が捕縛されたことを聞くと、憤然と立ち上がり、彼らを救おうと長州藩の赤祢武人《あかねたけと》、滝弥太郎ら十数人と久留米へ駆け付けていたのである。赤祢も滝も、後に高杉晋作の後を継ぎ、長州の民兵部隊である「奇兵隊」の総管を務めることになる人物である。

このとき慶頼のもとへは、弟である津和野藩主・亀井茲監からも「真木らを処刑することがないように」との直書が届けられていた。

一方で家老である有馬監物は、真木らを自由にさせれば幕府との間に軋轢《あつれき》が生じ、藩を危機に落とす恐れがあるとして、彼らに厳罰を求めていた。

板挟みの状態となり、対応に窮した慶頼は、藩士らに総登城を命じ意見を聴くことにした。しかし、側近にいわれるままに二度も真木らを逮捕するなど、確固たる信念を持たない彼に対し、所見を述べる者が出るはずもなく、逆に藩政の混乱を露呈する結果となってしまった。

こうした状況下に郁太郎が戻ってきたのである。

郁太郎と渡辺は、すぐに藩主と面談の席が設けられた。

「御英断を」

渡辺は京の情勢を説明した後、鷹司関白の内旨を示して、藩主に決断を即したが、案の定、

「藩執行部を交えた話し合いの後に」

と、結論を先送りにされてしまった。

同日、中山も藩の重役たちと面会する機会を得て、真木らの即時解放を要求したが、言葉巧みに言い逃れを続ける彼らの態度に激怒。

「長州藩による武力行使も辞さぬ」

そういうと、宿泊先に戻ってしまった。国事寄人という官職を放り投げ、突然、長州へ出奔した前歴からもわかるように、中山は奔放で、およそ公家らしからぬ型破りな人物だった。

この夜、郁太郎と渡辺は、山県らのもとを訪ねると、藩主との面談内容を説明。今後の対応について綿密に打ち合わせを行った。

翌五月十五日、藩の申し出のとおり、郁太郎は山県らとともに会議の場となる藩校・明善堂に出かけた。そこには藩主・慶頼をはじめ、その左右には有馬監物ら執行部が顔をそろえていた。

「発言は慎むよう」

郁太郎と渡辺は、藩の執行部側に座らされ、いきなり釘を刺された格好となった。張り詰めた空気が室内を漂う中、長州の山県が慶頼の前に進み出た。そして公卿・三条実美の書状を掲げると、一堂に言い放った。

「これは内旨である」

これに続き、

「朝廷の信任の厚い忠臣に危害を加えることは、津和野藩の望むところではない。御親族藩ともいえる間柄をもって忠言申し上げる」

と、津和野の小林弥助が訴えると、さらに長州の杉山松助が立ち上がり、居並ぶ重臣たちに向かって念を押した。

「誤った判断は、藩主殿を危機に陥れることをお忘れなきよう」

脅しともとれるこれらの発言に、あの有馬監物をはじめ、久留米藩の執行部からは一言の反論もなかった。

翌朝、有馬は郁太郎と渡辺を呼びつけた。そして不機嫌そうな態度で、赦免の用意があることを伝えると、最後に郁太郎に向かって、

「中山公の世話をせよ」

と、吐き捨てるようにいって席を立った。

郁太郎は急ぎ山県らの宿を訪ね、有馬の言葉を報告し、感謝を述べると、そのまま中山のもとへ向かった。

郁太郎から赦免の報告を聞いた中山は、腕を組み勝ち誇ったような表情で頷くと、ただ一言「帰る」といった。

「どなたか引き続きここに留まってもらうことはできませんか」

怪訝そうな顔をして見つめる中山一行に郁太郎は続けていった。

「藩主・慶頼公はよく気が変わられる方なので、実際に真木先生たちが解放されるのを確認するまで気が抜けないのです」

「私が残ろう」

すぐに聞き覚えのある声がした。

声の主は、赤祢武人だった。

郁太郎が赤祢と知り合ったのは、三月ほど前のことで、場所は長州藩の京都藩邸であった。お互い年齢も近く、医師の家庭に生まれ、また、正規の武士ではないという共通点があったからかもしれない。それ以来、お互い顔を合わせれば、どちらからともなく声をかけ、気さくに話をする仲となっていた。

結局、赤祢をはじめ、滝弥太郎や堀真五郎ら数名が久留米に留まり、中山は先に帰ることになった。

中山が宿を出ようとしたときだった。そこへ、息を切らせながら五名の者たちが駆け寄ってきた。中山を護るため郁太郎が前に出て彼らを制すると、一人の男が笑顔を見せながら近づいてきた。

よく見ると、郁太郎のよく知っている男であった。

彼は、名を山田辰三郎といい、前年、郁太郎が脱藩の罪で入獄した際、牢番であったにもかかわらず、郁太郎のために書物を提供するなど、親身になって世話をしてくれた男である。

「中山公警護のため、有馬監物様より派遣されました」

彼は、ここにきた理由を郁太郎にそう説明した。

郁太郎は少し思案したが、中山の了解を得て、彼らに下関まで同行してもらうことにした。

この頃、久留米藩執行部では、真木らの解放後の処遇について協議がなされていた。藩内業務を命じ、領内に留めおくか、それとも朝廷の御用係として京に上らせるか、議論は伯仲したようだが、結局、後者に決まった。

「幽閉差許《さしゆるし》候《そうろう》」

との藩命が下されたのは、五月十七日のことである。

こうして真木らは、正式に解放されることになった。

なお、有馬監物らが真木一派を捕縛したことについては不問とされ、誰も責任を負うことはなかった。

政変

「夕方　中山公子　久留米より御帰り　久（久留米）藩より五六人付添来」

文久三年（一八六三）五月十七日付の『白石正一郎日記』には、中山忠光が久留米より下関に戻ってきたことが、このように記録されている。

深夜になり、馬関（関門）海峡を通る外国船への砲撃の合間をぬって、久坂が白石宅にやってきた。

久坂は郁太郎がいるのを見つけると、すぐに近づいてきた。

「よかったですね」

「もう御存知でしたか。ただ少し気がかりなことがあるので、明日、もう一度久留米へ戻ろうと考えています」

「もうすぐみんな帰ってきますよ」

それは、郁太郎の不安を見透かしたようないいぶりだった。

「ところで、攘夷の戦果はどうですか」

郁太郎は気になっていたことを久坂に尋ねてみた。

「今から山口へいこう。大殿に攘夷の報告をすることになっている」

一緒に聞けばいい、ということらしい。

「そこで君が久留米でのことを話せば、一石二鳥ではないか」

久坂は微笑みながらこうもいった。どうやら本気である。

郁太郎は久坂の提案に乗ることにした。

長州藩主の毛利慶親《よしちか》（敬親《たかちか》）は、この四月に藩庁を萩から山口に移し、以来「中河原御茶屋」といわれる場所に居を構えていた。

翌朝、郁太郎はこの茶屋で慶親に面謁した。

郁太郎は、これまでの長州藩の尽力に対しお礼を申し述べると、

「恥ずかしながら我が藩は、真木先生らの解放を宣言したにもかかわらず、未だそれを実行していないのです」

と、心配していることを正直に話した。

すると、慶親は郁太郎の気持ちに応えるようにいった。

「近く国司太夫を久留米へ送り、三条卿の書簡への対応を確認するつもりである」

藩の重臣、国司信濃を久留米へ派遣することを約束してくれたのである。

これが藩の方針としてすでに決まっていたことなのか、それともそのとき慶親が即断してくれたのかということはわからなかった。しかし、慶親のこうした気遣いに、郁太郎は久留米藩主からは受けたことのない温情を感じると同時に、隣にいる久坂のことをうらやましく思った。

さらに郁太郎を驚かせることがあった。

「他に何か話しておきたいことはないか」

慶親が、直接そう声をかけてきたのだ。

(大藩の太守が、他藩の、しかも初めて会う私に……)

この思いがけない問いかけに、郁太郎は一瞬戸惑いながらも、

「攘夷は長州一藩だけでは不足で、九州諸藩と連合して行うことで、より効果があるように思います」

と、思い切って自分の意見を伝えた。

「あいわかった」

慶親はそういうと立ち上がり、奥の部屋へ戻っていった。

下関で久坂と別れた郁太郎は、久留米に到着すると、まだ残っていてくれた赤祢らとの面会を済ませ、その足で藩庁を訪れた。

中山一行を無事に下関まで送り届けたことを報告した郁太郎は「苦労であった」とだけ発した有馬監物に迫った。

「では、早く先生らの放免をお願いします」

「不穏な動きがあるので機会を覗っているのだ」

有馬は憮然とした表情で答えると、背を向け、奥の執務室へ入っていった。

郁太郎に有馬から、真木を上京させる旨の連絡が届いたのは、それから間もない五月二十二日のことであった。急いで真木の謹慎先である渡辺内膳のもとに行ってみると、ちょうど真木が、見張りの者たちに囲まれて屋敷を出ようとするところであった。

「淵郁、長人堀真五郎と早打にて来る」

淵上郁太郎が、長州人の堀真五郎と駆け付けてきたと、真木の日記にはこのときの様子が記されている。

真木はそのまま上京していったが、郁太郎は久留米に留まった。これは有馬の要請によるものだったが、謙三らが実際に解放されるまで見届けなければならないと考えていた郁太郎の意思にも沿うものであった。その間、渡辺内膳が身の安全を図ってくれた。

五月二十八日、長州藩主・毛利慶親の言葉どおり、国司信濃が総勢八十人ほどで久留米へやってきた。

翌日、国司は久留米藩主・慶頼と会見。慶頼はその場で、朝廷への忠誠の証として、真木直人ら真木の一族、淵上謙三ら門下生の上京を許可することを表明した。

この後、謙三は国司一行に、直人は赤祢武人らに護られながら、久留米を離れていった。

謙三らの解放を見届けた郁太郎は、すぐに有馬監物に上京する旨を申し出た。だが、有馬はこれを許さず、

「しばらく待て」

といった。

郁太郎はすぐに理由を訊いたが、彼は何もいわなかった。

六月二日になって、郁太郎は呼び出しを受けた。

「上京するので、その段取りをせよ」

藩庁に行ってみると、有馬はそう切り出した。真木に対する藩の対応などについて

朝廷に報告するためという。さらに、

「上京にあたって、山口に立ち寄り長州藩の要人と話をしておきたい」

とも要望した。郁太郎にその段取りをつけろということである。

（虫のいい申し出だな）

そう思いながらも、承知した旨を伝えると、有馬は初めて相好を崩し、

「中小姓役に任ずる」

といって、一枚の紙を差し出した。

いきなりの任命であった。

武士としては端役であったが、正式に久留米藩士に取り立てられたのである。これで家族の暮らしがいくらか改善すると思うと、郁太郎は少し親孝行ができたようでうれしかった。

妻の政子が女の子を生んだのは、この後すぐのことであった。巻代と名付けられた。元気な赤ん坊で、郁太郎の士分取り立てと重なり、淵上家には久しぶりの朗報となった。

郁太郎が久留米を出て、下関の白石正一郎宅に到着したのは六月九日のことである。

このときの白石家は、いつもと様子が違っていた。雨の中、農民や町人風の男たちが、頻繁に出入りしていたのだ。

ちょうど面識のある赤祢武人、滝弥太郎の二人がいたので事情を訊いてみると、

「新たに隊を創設したからだ」

と、別の者が答えた。

（ずいぶん横柄な態度だな）

そう思って、声のする座敷の方を振り向くと、そこにはザンギリ頭の男が座っていた。切れ長の目と引き結んだ唇がいかにも芯の強そうな雰囲気を醸している。

彼は、高杉晋作と名乗った。

郁太郎は、高杉が久坂とともに吉田松陰が主宰していた松下村塾の双璧と呼ばれていることは知っていたが、これが初対面だった。

高杉は、郁太郎に三日前に隊を立ち上げ、兵を募っているところだと説明した。

「これからが大変だ」

相変わらず態度は尊大だったが、そういって笑顔を見せた高杉に、郁太郎は何か惹《ひ》かれるものを感じた。

高杉の提案で組織されたこの隊は「奇兵隊」と呼ばれるようになり、初代総管は高

杉が務めた。なお、滝弥太郎と赤祢武人が高杉の後を継いで総管になるのは、前述のとおりだが、滝が第二代（河上弥市との共同総管）、赤祢が第三代である。

奇兵隊の特徴は、攘夷を経験した民衆の郷土防衛意識に期待し、武士だけでなく、農民、町人などに門戸を開いたことであり、吉田松陰が生前叫び続けた「草莽崛起《そうもうくっき》」の実践ともいえる軍隊であった。

この後、長州藩では封建的身分にとらわれない軍隊、「遊撃隊」や「御楯隊」といったいわゆる「諸隊」が次々と創設され、維新という新しい歴史の扉を開く原動力となっていく。

奇兵隊の日々の活動を克明に記録した『奇兵隊日記』には、この日のことがこう記載されている。

「久留米藩淵上郁太郎・山田辰三郎・佐田素一郎白石宅へ過訪、高杉・瀧・赤祢相対、今般有馬監物義改心奮発上京致し候」

郁太郎が下関に戻ってくるのは当然として、佐幕派とみられている久留米藩家老・有馬監物の同行は、長州にとっても驚きであったらしい。

なお、二日前の六月七日の日記には、

「東行与子遠訪来島翁、久留米人ヲ頼ミ肥前佐賀ニテ八十ポンド以上ノ大炮ヲ買求ムルノ策ヲ決シ候事」

とあり、奇兵隊結成の翌日には、東行（高杉）と子遠（入江九一）が、来島（又兵衛）を訪ね、久留米人に依頼し佐賀藩より八十ポンド以上の大砲を買う算段をして、急ぎ兵器の充実を図ろうとしていたことがわかる。

これは先月の五月に、馬関海峡を通過する外国船を相手に攘夷戦を開始した長州藩が、今月になると報復にきたアメリカ、フランスの艦船から相次いで艦砲射撃を受け、軍艦を失い、さらに前田砲台を破壊・占領されたことで、身をもって大砲の威力を痛感したからであろう。

郁太郎が長州を離れ、酷暑の京に入ったのは、六月十七日のことである。

同行した有馬監物を藩邸に残し、郁太郎はすぐに姉小路邸に向かった。真木を救うために尽力してくれた姉小路公知が暗殺されたとの噂を、下関の白石宅で耳にしていたからである。

邸の前にきてみると、門は閉じられ人の気配もなかったので、近くの学習院にいって事情を訊いたところ、やはり姉小路は先月二十日、朝議からの帰途に御所内の朔平《さくへい》門付近で暗殺されたとのことだった。

現場に残された物証などから、薩摩藩士・田中新兵衛が犯人として捕縛された。取り調べ中に田中が自死したため真相は闇の中となったが、これが世にいう『朔平門外の変』である。

（せめて一言お礼がいいたかった）

郁太郎は再び姉小路邸に引き返すと、門の前で両膝を突き、彼の冥福を祈って手を合わせた。

その後、仁王門通りにある頂妙寺を訪ねた。そこは真木が止宿《ししゅく》先としている寺である。

先に上洛していた真木は、長州藩と連携しながら朝廷にも働きかけて「攘夷親征」を推し進めていた。

攘夷親征とは、天皇が自ら軍を率いて攘夷を実行することである。

その手段として、真木は、賀茂行幸、石清水行幸に続き、さらに大規模な行幸を行おうと画策していた。その地から孝明天皇に「攘夷決行の大号令」を発してもらおうというのである。そこで天皇に尾張以西の攘夷の指揮を宣言してもらい、尾張以東は幕府に命じ、もし幕府がこれに従わない場合は、天皇の名において倒幕の軍を起こすのだという。

真木は郁太郎にいった。

「大和行幸を実施する」

「兵はどうしますか」

「御親兵を使う」

御親兵とは、朝廷が御所の警護のため十万石以上の藩に対して、一万石につき一人の割合で差し出させた兵で、すでに千を超える兵が三条実美の指揮下にあった。

真木の横に控え、二人のやりとりをじっと見守っている弟の謙三や真木の四男・菊四郎もその御親兵となっていた。

真木は、さらに次のようにいった。

「御親兵を従えた天皇が、大和国に陣取って号令をかければ、地元の十津川郷士、京にいる尊王の志士たち、さらには長州兵ら数千が一週日で駆け付ける。そうなれば諸大名も兵を連れて馳せ参じ、たちまち数万の兵に膨れ上がるだろう」

(少し楽観的すぎではないか)

郁太郎は素直にそう思った。

「諸侯は協力してくれるでしょうか」

「努力はしている」

そう前置きをした真木は、次のように説明した。

「長州藩は今、孤立無援で攘夷を行っており、このままでは自滅する以外にはない。これを回避する一番の策が攘夷親征である」

攘夷親征を決行し、天皇が号令するとなれば、諸藩は好むと好まざるとにかかわらず、攘夷を実行せざるを得なくなるという目算である。

「すこし性急ではありませんか」

郁太郎が意見すると、しばらく間があって、真木はこう力説した。

「朝廷が前向きに対応してくれている今が好機だ」

やりとりを続けながら、郁太郎は頭の中で自分の考えを整理していった。

（まずは、目の前にある長州藩の危機の解決。これが最優先である。先生のおっしゃるように、ぐずぐずしていれば異国からの集中攻撃を受け、長州藩はもたない。内部から崩壊する危険も孕《はら》んでいる）

（そうなれば、倒幕など水泡に帰すだろう。事態は急を要するため、諸侯に根気強く働きかけて協力を取り付けたうえで事を起こすという選択肢は消える）

（先生の策は、兵の動員など見込みが多い点は問題だが、長州藩救済と同時に倒幕の密計も練り込まれており、さすがに妙案である）

（ここで強引に反対の意を示しても、先生は、計画を中止することはないだろう。それに今、私にはこれを覆せるほどの案もない）

郁太郎は危険な賭けに乗る他なかった。

だが、今のままでは心もとないので、少しでも成功の確率が上がるように、

「諸侯への働きかけを一層強化していきましょう」

と提案した。

真木は少し安堵した様子でそれに応じると、こう宣言した。

「総仕上げは大坂に都を移し、王政復古の大号令を天下に布告する！」

京に滞在中、郁太郎は頻繁に有馬監物のもとを訪ね、久留米藩は積極的に京都政界に進出すべきで、そのためには攘夷を決行する必要があると繰り返し説いた。

こうした郁太郎の進言の影響もあったのか、六月二十八日に朝廷より馬関海峡防衛の命が下されると、すぐに有馬は、攘夷を渋る小倉藩から下関の対岸数町を借り受け、砲台設置の準備に取り掛かった。

有馬は知らなかったが、馬関海峡防衛を久留米藩に担わせるという企図は、もともと真木が発案したものであった。真木がこのことを三条実美に献策したのが六月十九

日のことなので、驚くことにそれからわずか九日で真木の私見が朝命へ化け、久留米藩に下命され、そして実行に移されたことになる。

真木と郁太郎の綿密な連携の賜物であった。

こうした働きかけは他にもあった。

攘夷催促のため、使節を九州諸藩に送るべきだという真木の提案も、すぐに朝廷で採用された。その勅使として、このときちょうど攘夷決行巡見のため下関へ向かっていた中山忠能の次男で、中山忠光の兄でもある正親町公董《おおぎまちきんただ》卿が任命されると、真木の弟・直人が、その補佐役として九州へ派遣されることになった。

七月六日の『奇兵隊日記』には、

「真木泉州《せんしゅう》（保臣）之論ハ追々御用有之候」

とあり、真木の論が朝廷で「追々（しだいに）」用いられるようになっていることが、この日記からも読み取れる。

直人が九州に下った夜、真木は門下生の水田謙次に手紙を書いた。

弟に代わり、水田に水戸藩との連携を担ってもらいたいと考えたのである。

図らずも山梔窩を脱出する際に「必ず迎えにくる」といった約束を、真木は果たすことになった。

水田は上京後、長州藩邸横の長屋に滞在。しばらくすると江戸に下っていった。

この頃の長州藩は、三条実美ら急進派公卿と組んで朝廷を意のままに操り、その権威を利用して諸藩の政策にまで影響を及ぼすなど、その威勢は法外なものとなっていた。

この状況を一番苦々しく見つめていたのが、ライバルと目されていた薩摩藩である。前述したように、薩摩藩は『寺田屋騒動』以降、急速に志士たちへの求心力を失い、さらに藩士の田中新兵衛が、姉小路公知暗殺の下手人と見なされたことで、政界からも排除された格好となっていた。

敗者の烙印を押されるかに見えた薩摩藩だったが、島津家と姻戚関係にある前関白の近衛忠熙《ただひろ》から密かに、

「上様は熱心な攘夷論者ではあるものの、攘夷戦争を指揮するつもりはなく、急進派公家や長州藩を嫌悪している」

と伝えられると、そこからの動きは素早かった。

薩摩藩は、朝廷内の反長州派勢力の領袖と目される中川宮らに働きかけ、佐幕の会津藩とも結託。長州藩の追い落としを開始したのである。

こうした動きを知る由もなかった長州藩は、七月十八日、家老の益田親施《ちかのぶ》や清水清太郎らが関白・鷹司輔熙に攘夷親征の建白書を差し出した。さらに七月二十日には、久坂らが三条と面談、翌二十一日には、豊岡随資《よりしげ》卿を訪ねて、攘夷親征の周旋を依頼した。この豊岡卿は「日米修好通商条約」締結の打診に対し、安政五年（一八五八）に公家たちが起こした抗議行動、いわゆる『廷臣八十八卿列参事件』の当事者である。

一方、真木は七月二十四日、朝廷より日頃の労のねぎらいとして、銀子十五枚を拝領した。

久留米藩が長州藩と連携し朝廷を支えていく。そんな道筋を立てようと考えていた真木は、このことを好機として、二十六日に益田や久坂らとささやかな賜金披露の宴席を設け、そこに実質的に久留米藩を仕切っている有馬監物を招待した。

しかし、これは逆効果となった。尊王攘夷派のペースに巻き込まれ、幕府から不興を買うことを恐れた有馬は、突然京を離れ久留米に引き上げてしまったのである。

八月十日のことである。

幕府と朝廷の間を絶妙なバランスで往き来することにより、藩の安泰と己の保身を図る。これが当時の有馬の政治信条である。彼は郁太郎の意見を採用することもあったが、それは所詮、バランスを崩さぬ範囲で朝廷のご機嫌取りをしたにすぎず、それ以上のものは何もなかった。

有馬と入れ替わるように、入京してきたのが水野正名《まさな》である。彼は御奏者番に列せられたこともある藩の重臣で、自らは久留米藩内の尊王攘夷派の要であると自負している男であった。

残念なことに、水野は有馬と違って、郁太郎の意見に耳を傾けることはなかった。それどころか、ことあるごとに「町医者の分際で」と郁太郎をさげすんだ。なぜ、郁太郎が自分以上に朝廷や長州藩で重んじられるのか、プライドの高い水野には理解できなかったし、そのことが許せなかった。

嫉妬という個人的な感情のため、自らの役割を見失ったといってもいい。

後年、郁太郎は水野について、

「少々天下に功業相立候事に付、衆人のねたみは定而可有之、差当りも水野丹後（正名）杯とは余り心能附合不申候、然《しか》し丹後杯も私と不仲にては有損無益の場合に有之、私に於《おい》ては少々も差支無相座候」

と、父宛てに書き送っている。

「沈実樸毅」な郁太郎が、個人についてこれだけ感情的に言及した書簡は、他に見当たらない。

郁太郎は「水野も私と不仲では損あって得なことはない。私には少しも差し支えない」といっているが、その生涯を見てみると、残念ながらこの考えは郁太郎の読み誤りであった。

水野が京に入った八月十三日は、尊王攘夷派にとって特別な日となった。

「為今度攘夷御祈願、大和國行幸、神武帝山陵・春日社等御拝、御逗留御親征軍議被為在、其上神宮行幸事」

ついに大和行幸の詔勅が発せられたのである。

大和行幸、それは真木らが策していた「攘夷親征」に他ならない。

「御逗留」の文言には、そこで天皇が攘夷決行の大号令を発し、兵を率い陣を張るという意図が潜んでいる。

このとき中山忠光は、長州から京都に舞い戻っていた。中山はこの報に接すると、大和での挙兵にいち早く呼応するため、土佐の吉村寅太郎ら約四十人を率いて当地へ向け出立した。八月十四日のことである。

この計画は、真木と久坂により大和行幸が決定される以前から温められていたもので、久留米藩からも郁太郎に真木の捕縛を知らせた小川佐吉ら八名が参加した。

このことを真木から事後報告の形で知らされた三条は、

「中山はまだ年若く、吉村も純粋な理想家であり、これを成功させるためには、戦略に長《た》け、また、彼らを統御できる人物の派遣が必要である」

といって、平野国臣を適任者として強く推薦した。

こうして八月十七日、平野は三条の委託を受け、大和に向けて出発することになった。昨年の『寺田屋騒動』の後、約十一月を福岡藩の牢獄で過ごした平野は、八月九日に上京してきたばかりであった。

一方、行幸の準備も着々と進み、関白や諸大名の供奉も決まって、あとは八月二十七日の出発を待つばかりとなった。

ところが……。

八月十八日早暁、郁太郎は、御所の方から聞こえた砲声で目を覚ました。嫌な予感がしたので、明るくなるのを待って御所に向かうと、そこはすでに兵が充満していた。

会津兵に交じって、姉小路が暗殺された『朔平門外の変』以来、御所の警備を免じられているはずの薩摩兵も確認できた。

「異変があったに違いない」

そう直感した郁太郎は、急いで長州藩邸に向かうと、すでに本館の一室では益田や久坂らが集まって、神妙な面持ちで協議を行っていた。

そこへ「三条邸から」と叫びながら一人の使者がやってきて、懐から一枚の紙を差し出した。

益田は、それをひったくるように受け取り、急いで内容を確認すると、

「三条卿が参内を拒否されたようだ」

と唸るようにいった。

ほどなく御所の堺町御門の警備に行ったはずの長州兵も戻ってきて、

「御所に通じる御門はすべて封鎖されている」

と報告した。

しばらくすると同じく参内を拒否された、公卿の三条西季知《すえとも》、東久世通禧《みちとみ》、錦小路頼徳《よりのり》、四条隆謌《たかうた》、壬生基修《みぶもとおさ》らもぞくぞくと集まってきた。

堺町御門警備担当の飯田竹次郎や事情探索から戻ってきた村田次郎三郎らの情報を分析すると、中川宮らが長州藩を宮中より追い払おうと画策。薩摩藩や会津藩と結託し、すべてをひっくり返したようだった。頼みとする孝明天皇も彼らの手中にあるらしい。当然大和行幸も中止されたとみてよかった。

藩邸内は騒然となった。

「とにかく関白邸に行こう」

　そう決したので、郁太郎らは一部の者を残して藩邸を出ると、三条をはじめ、尊王攘夷派の公卿らへも使者を遣わし、そこで合流することにした。

　関白・鷹司邸へは裏門から入った。ちょうど鷹司輔熙は参内の命を受けて、あわただしく邸を出るところだったので、許しを得てそのまま三条らの到着を待つことにした。ややあって三条が御親兵を率いて、真木らとともに駆け付けてきた。総勢二千を超える兵が境町御門横の鷹司邸に集結したことになり、薩摩兵や会津兵らと鷹司邸の塀を挟んで、睨み合いをする格好となった。

　午後になり、議奏《ぎそう》の柳原光愛《みつなる》が勅使として鷹司邸にやってきて、兵を引き上げるよう命じた。三条は柳原に「疑念を晴らすため、弁明の機会を設けていただきたい」と申し出たが、直ちに拒否されてしまった。

　その間も、塀越しに諸藩の兵が増援されていくのが確認できた。

　いつしか長州藩は孤立状態になっていた。一行はひとまず鷹司邸を退去することに決し、陣立てを整えると、洛東の妙法院に向かった。

　妙法院では三条ら公卿のほか、毛利家一門である清末藩主の毛利元純《もとずみ》、同じく岩国領主の吉川《きっかわ》監物（経幹《つねまさ》）、さらには長州藩家老の益田、さらに久坂、真木、淵上、宮部鼎蔵らが夜を徹して善後策を協議した。

席上、真木は楠木正成流戦略の再現とばかりに、

「ひとまず大坂に立ち退き、金剛山に拠って義兵を募るのが良策」

と主張したが、

「本藩の指示を仰がねばならない」

とする、岩国領主・吉川の意見が通り、長州へ引き上げることに決した。

三条ら七卿も一緒に長州へ下ることになり、これまで三条に従っていた御親兵は、謙三や菊四郎ら三十余人を残し、解散となった。

雨の中、一行はぬかるむ竹田街道を伏見に向かって進んでいった。

いわゆる『七卿落ち』である。なお、公卿の列にあったのは、三条実美と三条西季知の両名だけであることから『二卿五朝臣落ち』といったいい方もある。

この中川宮ら公武合体派による突然のクーデターは、後年『八月十八日の政変』と呼ばれることになる。

一日にして、京都における勢力地図が塗り替えられた。

潜伏

文久三年（一八六三）八月二十一日、一行は兵庫に着いた。七卿が無事に長州行きの船に乗ったことを確認すると、郁太郎は久坂らとともに京へ引き返すことにした。

「また一からやり直しですね」

久坂がまたという言葉を使ったのは、尊王攘夷派は寺田屋で挫折を経験したが、その後、努力を積み重ねながら勢力を盛り返していったように、今度もこのまま引き下がることはないという決意の表れなのだろう。

無言のまま郁太郎は頷いた。

久坂とは大坂で別れた。

大坂には郁太郎がどうしても訪れたい場所があった。

瑞光寺。昨年の六月に志半ばで病死した古賀簡二が葬られている寺である。郁太郎は四月の終わりに朝廷の命を受け、姉小路らと来坂したのだが、そのときはいろいろあって、くることができなかったのである。

住職に教えられたとおり、両側に立ち並ぶ墓石の中を進むと、そこに古賀の墓を見つけた。

その瞬間、郁太郎の脳裏に生前の古賀の元気な姿がよみがえってきた。

「箇二、長い間、待たせてすまなかったな」

墓石に手を添えながら語りかける郁太郎の目からは、涙がとめどなく溢れ落ちた。

この日より郁太郎は、彼の志を忘れないという意味を込めて、古賀の旧姓である井村と名前の箇二を取って、井村勘次と名乗った。


郁太郎が京都の長州藩邸に到着したのは、八月二十三日のことである。

すると、一足先に藩邸に戻っていた福岡藩の中村円太が、引きつった顔をしてやってきて、山中宅が襲撃されたことを報告した。

郁太郎は、中村と一緒に山中宅を何度か訪ねたこともあり、豪商・鴻池の一族で、福岡藩御用商人でもある主人の山中成太郎とは懇意であった。

急襲の目的は、滞在していた平野国臣の捕縛だったようであるが、幸い彼はそのとき外出中であった。山中も逃れ無事だという。

「誰の仕業ですか」

「壬生《みぶ》浪士組のようです」

そういえば取り締まりと称し、肩で風を切り、市中を徘徊する彼らを郁太郎は何度か見かけたことがある。

このとき壬生浪士組は、隊名を「新選組」に改めていたが、この名称が志士たちの間で知られるようになるのはもう少し先のことである。近藤勇率いる、あの新選組である。もともと新選組は、江戸で徴募された浪士団で、文久元年（一八六一）十二月に山梔窩を訪れ、郁太郎らに倒幕を説いた清河八郎の発案によって結成されたものである。清河はこの浪士団を、倒幕の先兵にしようと画策していたが、文久三年（一八六三）四月十三日に幕府の刺客により暗殺された。皮肉なことだが、この集団は、会津藩預かりの肩書きとなり、尊王攘夷派を弾圧する新選組へと変貌していったのである。

（何か陰惨な事件でも起きなければいいが）

郁太郎はそう思った。

八月二十四日、平野はまたも新選組に襲われた。このとき彼は、山中成太郎宅を出て別の場所に潜伏していたのだが、常に警戒を怠らなかったので、今度も何とか難を免れることができた。

平野はこの後、京を脱出して但馬へ去っていった。


この頃、中山忠光らは千人を超える軍勢で大和の高取城を攻撃していた。

倒幕軍の先鋒になろうと、中山らが大和に向け京都を出発したのは、八月十四日のことである。千早峠を越えて大和に入った中山らは、一気に進軍して五條代官所を襲撃。代官の鈴木源内らを討ち取り施設を焼き払うと、近くの桜井寺に本陣を構えた。そして天皇の行幸を迎える準備を整える一方、宇智郡、吉野郡など代官所管轄であった天領を朝廷に差し出し、年貢を半減すると宣言。中山らはこの本陣を「五條御政府」と称した。

三条から委託を受けて、平野国臣が桜井寺の本陣に到着したのは、それから二日後の八月十九日のことだった。直後に京での『八月十八日の政変』の報が伝えられ、至急軍議が開催されることになった。

「思いがけない事態が発生した以上、ここはひとまず解散し、新たな機会を待つべきだ」

平野はこう主張したが、それに吉村寅太郎が色をなして反論した。

「すでに代官も斬り、もはや後戻りはできない」

主将の中山は吉村にあっさりと同意すると、本陣をより堅固な天辻峠へ移し、十津川郷士に募兵を呼びかけた。もはや平野をしても、この二人の暴走を止めることはできなかった。

「援軍を連れて戻ってくる」

平野はそう言い残し、大和を後にした。

十津川郷士の加勢で勢いづいた中山らは、兵糧調達を拒んだ高取藩の居城を攻撃した。平野が京を離れ、但馬に向かった頃のことである。しかし、地理を熟知していた高取兵の砲撃を受けると敗走し、本陣へと兵を引き上げてしまった。その後、しばらく交戦を続けたが、幕府の命により動員された近隣諸藩の兵からの包囲攻撃が始まると、あえなく壊滅した。

このとき中山は、辛うじて敵の包囲を脱することに成功した。しかし、多くの者が幕府の執拗な残党狩りにあって戦死、または捕らえられた。

後に『天誅組の変』と呼ばれるこの戦いはこうして終結した。

久留米藩出身者も八名中五名が捕らえられ、翌年、全員が京の六角獄で斬殺された。

皆、二十代の若者であった。

ここに、彼らの名前と年齢を記しておきたい。なお、年齢は死亡時である。

酒井伝次郎　二十七歳
鶴田陶司　二十五歳
江頭種八　二十五歳
中垣健太郎　二十四歳
荒巻羊三郎　二十四歳

平野が新選組による二度の襲撃を逃れ、但馬に向かったことはすでに述べた。頼りとする真木や三条は長州に行き不在であるし、なにより幕府の目が光っている京に長く留まる理由はなかった。

但馬に着いた平野は、養父《やぶ》郡能座《のうざ》村の豪農・北垣晋太郎と接触した。能座村は生野代官所の管轄地である。京にも近く天領の多い但馬の地を外国より防衛するためとして、農兵の組織化を進めていたのが北垣だった。

北垣は当初、幕府にその許可を求めたが認められなかった。その後、朝廷に国事御用掛《がかり》が設けられたことを伝え聞いて、それならば、と京都に入って久坂玄瑞らと接触。彼らの仲介により、朝廷から「農兵組立」の許可を受けたのである。

ところで、農兵の組織化という重要な案件について、幕府と朝廷双方に許可の権限があるというのは、責任の所在が不明確なうえ、社会に混乱を招く要因にもなってしまい、とても正常な状況とはいえない。当然幕府としてもこうした事態を避けたかったはずであるが、威勢に陰りが見え始めた証左だろう。幕府にはもう朝廷の動きを抑える力はなかった。

「大和義挙に呼応して兵を挙げよう」

平野は北垣にそう持ち掛けた。

これがまさに平野が但馬にやってきた目的であった。大和で中山や吉村に言い残した「援軍を連れて戻ってくる」という約束を果たそうとしていたのである。

北垣にとって農兵の組織化の真の目的は、徳川の世を終わらせ、没落した北垣家を復興させることにあったので、百戦錬磨の平野にしてみれば、彼を説得することなど実に容易なことであった。

すぐに平野の主導で、次のような方針が決定された。

一、十月十日に挙兵する。
一、長州に亡命している七卿の一人を総裁として迎える。
一、農兵の訓練を充実させるとともに、さらなる農兵の募集を行う。

この頃、郁太郎は潜伏先の京都長州藩邸を出て、長州の三田尻（現・山口県防府市）に向かっていた。

九月十五日、三田尻に到着した郁太郎は、三田尻御茶屋内に新設された招賢閣《しょうけんかく》を訪問し、七卿に面謁すると、京の情勢や大和で挙兵した天誅組の苦境を報告した。また、真木をはじめ、七卿に従い長州に身を寄せていた諸藩の志士たちにも、天誅組への援軍を説いて廻った。

七卿もこのまま中山らの義挙を見殺しにするのは忍びないとして、奇兵隊の兵を借りて挙兵するという真木の案を長州藩に打診してみたが『八月十八日の政変』の後、藩内の尊王攘夷派の政治基盤が大きく揺らいでいるということもあって、実現は厳しいと、やんわりと断られてしまった。

一週間ほどで郁太郎は京に戻っていった。

郁太郎と入れ替わるように三田尻にやってきたのが平野と北垣だった。

九月二十八日のことである。このとき大和の天誅組はすでに壊滅状態にあったのだが、二人は当然そのことを知らない。

平野と北垣は、藩世子・毛利定広らに面会し、但馬での挙兵計画を打ち明け、協力を求めたが、急な申し出でもあり応援態勢が整わないと拒まれ、計画は宙に浮いた形となってしまった。

結局、京から帰国していた久坂や真木が密かに取り持ちをして、七卿の一人、澤宣嘉《のぶよし》と奇兵隊士ら二十数人が脱走の形で参加することになった。

十月二日夜、一行は三田尻港を後にした。

朝になって、澤の書き置きを見つけた東久世と四条は、あわてて港まで行き、調達した船でその後を追ったが、彼らを乗せた船影を確認することはできなかった。

七日後の十月九日、一行は播磨国飾磨（現・兵庫県姫路市）に上陸。すぐに但馬国生野へ向かう準備を始めた。大和の義軍壊滅の悲報が飛び込んできたのは、そんな最中であった。

緊急の対策会議が開かれることになり、平野や北垣は、挙兵をいったん中止し、再起を図ることを主張、大多数の同意を得た。しかし、これに強烈に異を唱えたのが、奇兵隊を率いていた河上弥市だった。

「いったん志を決してここまで出てきた以上、大和の敗軍を聞いて逃げ帰るわけにはいかない。すみやかに同志を集めて義兵を挙げるべきである。もし勝利を得ず討ち死にを遂げたとしても、後世に名を残すことができれば本懐ではないか！」

進退は結局、

「事の成敗は、今は必ずしも問わぬ」

という、澤の一言で決まった。成功するか失敗するかは問題ではない。つまり、河上の主張が受け入れられたのである。

こうして十月十二日、一団は生野の代官所を占領。周辺に檄《げき》を飛ばし、いったんは二千人ほどの農兵を動員するなど気勢を上げたが、幕府の命を受けた近隣諸藩の鎮圧軍が現れると、農兵らは雲散霧消してしまった。そればかりか、一部の農兵は再び戻ってきて「偽志士」と叫びながら平野らを襲う始末であった。

平野は逃げ延びる途中、豊岡藩兵に囲まれてしまった。

「ぐずぐずしてはいけませぬ」

このとき一緒だった鳥取藩の横田友次郎は、二人で刺し違えるつもりでそういったが、平野はじっと前方を睨んだままだったという。

「燃ゆる思い」を胸に、諸国を飛び廻り、倒幕運動に身を捧げてきた平野だったが『天誅組の変』といい、今回の『生野の変』と呼ばれる戦いといい、晩年の彼はことごとく運に見放されたようだった。

平野が横田に返事を返さなかったのも、死への恐怖からではなく、まだやり残したことがあるという無念の思いからである。

平野は捕縛され、京の六角獄につながれると、翌年、横田とともに処刑された。

『天誅組の変』と『生野の変』は、いずれも尊王攘夷派の総本山といえる長州藩から支援を受けた志士たちが、公家を擁して挙兵したものであるが、幕府にとって最も衝撃的だったことは、それに地元の民衆が兵として参加したことである。

幕府は、長州藩と朝廷との接触がこの結果を招いたとの反省から、長州藩士への監視を強化するとともに、京都守護職である会津藩主の松平容保《かたもり》らに命じ、京界隈に潜む尊王攘夷派の浪士たちのさらなる一掃を図った。

郁太郎が再び京の長州藩邸に入ったのは、九月の終わりである。

見つかれば斬首、という恐怖の中で、郁太郎は積極的に知り合いの商家などを駆け廻った。

こうして集められた情報は、長州藩邸内で日々分析され、桂小五郎（木戸孝允）や寺島忠三郎らによる長州の雪冤《せつえん》（身の潔白を示すこと）工作に活用された。

一方、長州本国では『奉勅《ほうちょく》始末記』の作成に取り掛かっていた。これまでの攘夷行動はひたすら朝廷の意思に従ったものだとする、いわば釈明書である。

それを朝廷に提出する時期を見極める必要もあり、山口藩庁は、京都の政情に詳しい寺島忠三郎に帰国を命じた。

郁太郎も寺島に同行して、三条や真木に京の状況を伝えようと、その準備を始めたときだった。

寺島があわてた様子でやってきて、こういった。

「淵上さん、貴藩が大変なことになっている」

久留米藩で尊王攘夷派の二十数人が捕らえられ、禁錮になったというのだ。

やはりと思った。

郁太郎には、思い当たるふしがある。

京に戻って間もない頃であったが、情報収集のために津和野藩邸に立ち寄ったとき、久留米藩の池尻茂四郎と加藤常吉がそこにいたのだ。

郁太郎が二人から打ち明けられた話では、彼らは『八月十八日の政変』後にいったん久留米に戻っていたのだが、藩命を受けて再上京の途に就いたところ、今度はすぐに引き返せとの命令があり、不審に思った二人は話し合いの末、そのまま京に向かうことに決した。無事に京に着いて、室町という旅亭にいたところを久留米藩の者に踏み込まれ、津和野藩邸に逃げ込んだのだという。

中央政局に敏な久留米藩の行動論理からすれば、勢力を失った尊王攘夷派の弾圧は当然なことで、本来の佐幕に戻っただけである。

「仕方ないですね」

と、郁太郎は寺島にいった。

(もう我が藩の藩邸すらも、安心できる場所ではないのだな)

そう思うと、何か吹っ切れたような気分になった。

なお、このとき捕縛された二十五名は『大政奉還』までの約四年間を幽囚のまま過ごすことになる。前年、郁太郎とともに脱藩した、角大鳥居照三郎もその一人である。

十一月七日夜、郁太郎は寺島とともに三田尻の港に到着した。山口の藩庁へ向かった寺島とは、途中の湯田(現・山口市)で別れた。郁太郎は湯田に居を移していた三条に面談したのち、三田尻に戻ると、奇兵隊が陣を構えている正福寺を訪ねた。隊士らを前に、京で収集した『生野の変』の戦況について語るためである。

十一月十日の白石正一郎の日記には、次のように書かれている。

「久（久留米）藩渕上郁太郎来陣 但州（但馬国）ニて廉作など割腹の事承ル」

廉作とは、奇兵隊を脱走して『生野の変』に参加し、但馬の妙見山麓で河上弥市ら十二名とともに自刃した白石廉作のことで、白石正一郎の弟である。


郁太郎は、元治元年（一八六四）の正月を京の長州藩邸で迎えた。三田尻から戻って、あわただしい日々を送っていたが、その合間をぬって父宛てに数通の手紙を書いている。彼の心情がわかる手紙なので一部を抜粋して紹介したい。

文久三年（一八六三）十二月十二日の手紙では、最初に両親の健康を気遣ったうえで、

「長州候之御影にて、誠に無不自由当地にて日を送り」

と、長州公のおかげで不自由ない日々を送っていることを伝え、

「長州様之御恩は実に御国之御恩よりも重く」

と、長州公の恩は御国（久留米）の恩よりも重いと語っている。

翌元治元年（一八六四）一月三日の手紙では、

「薩長何《いず》れも天下無双之強国に候へば、互に相争い候勢にては、両国のみにても容易に勝負難相分候」

と、薩長はいずれも天下無双の強国で、互いに争えば容易に勝負はつかないと述べ、

「長州一国にては自国の守護は屹度《きっと》厳重相届候共、天下之勢もり返し候儀は、甚無覚束儀」

と、長州だけでは自国を守ることはできるだろうが、天下の勢を盛り返すことは、おぼつかないと記したうえで、

「不計幸も可有候儀と奉存候」

と、計らざる幸をもたらすこともあると語っている。

郁太郎は、京から締め出された状態の長州藩に、計らざる幸、つまり、思わぬ幸運をもたらすためには、薩長が連携することが不可欠だと考えていた。

長州藩に身を寄せている身である郁太郎は、長州人の薩摩藩に対する感情は痛いほどわかる。しかし、何もせぬままでは、物事は動かない。もちろん長州藩の目指す「尊王・倒幕」も絵に画《か》いた餅である。

それを実現させ、長州藩へ恩返しをする。これが元治元年の正月、郁太郎が心に誓ったことである。また、薩長の連携は、他藩出身の自分だからこそできるとの自負も

あった。

元治元年（一八六四）一月十五日、将軍・徳川家茂は再び上洛し二条城に入った。前回と違い心地よい入京である。二十七日には、在京諸侯とともに参内。孝明天皇より従一位を授かると、次のような内容の詔書を受け取った。

一、理由なく夷船を砲撃、幕吏を暗殺し、三条らを本国に誘引した長門宰相（長州藩主）を必罰せねばならない。

何とも過激な言葉で、長州藩の窮地は深まる一方であった。

さらに二月八日には、幕府は朝廷と協議のうえ、長州藩家老の訊問や三条らの京都召喚などを決定した。

一方、長州藩は『奉勅始末記』を朝廷に差し出そうと、重臣の井原主計と久坂を使者として山口を出立させたが、朝廷の反応は冷たく、入京すら拒否されてしまった。結局、当時長州藩と朝廷の取り次ぎをしていた勧修寺経理《つねおさ》が京の入口である藤森（現・京都市伏見区）までやってきて、二人から形式的に訴願の内容を聞き取ったのみであった。

二人は、長州の意が朝廷に達したかどうかも確認できないまま、大坂の藩邸に退くしかなかった。

こうしたこともあり、長州藩内では京に兵を送り込んで免罪を強訴《ごうそ》すべきと、いわゆる「進発論」を唱える声が高まりつつあった。

(武力をもって京に入れば、不測の事態が生じかねない。それは最後の手段で、まだその段階にはない)

郁太郎はそんなことを考えながら、長州へ向かった。

二月二十二日、郁太郎は三条や真木らに会って上国(京)の情勢を詳しく説明した。

真木の周辺では「進発」について議論されている様子だったが、

「まだそのときではありません」

と、郁太郎は自重を要請すると、また上京の途に就いた。

朝廷が長州藩京都留守居役・乃美織江に対し、家老をすぐに上坂させるよう命じたのは、それからすぐの二月二十五日のことであった。

乃美は直ちに、

「朝廷の御沙汰による訊問なら、せめて場所は大坂ではなく京都でお願いしたい」

と申し入れたが、聞き入れられることはなかった。

こうした中、長州藩邸の郁太郎のもとへ一通の書状が届いた。江戸にいる水田謙次からである。

急いで内容を確認すると「水戸で挙兵の動きあり」とある。

幕府が天皇の意思である攘夷を一向に実行せず、横浜鎖港についても行う気配がないため、業を煮やした水戸藩の藤田小四郎らが、攘夷実行の魁《さきがけ》として兵を挙げるというのである。

水田も同藩出身の古松簡二、池尻嶽五郎《たけごろう》とともに急遽水戸に向かったということだった。

郁太郎は、急ぎ書状を長州藩邸内で回覧するよう乃美に伝え、また長州に下っていった。

四月二日、郁太郎は下関で病気療養中であった七卿の一人、錦小路頼徳を見舞うと、すぐに山口藩庁へ向かった。

藩主の慶親は郁太郎の顔を見るなり、藤田らが筑波山で挙兵したことを告げ、藩として彼らへ何ができるか検討中であることを教えてくれた。

「水戸が挙兵した場合には協力をお願いしたい」

それが水田から一報を受けた郁太郎の来庁の目的であった。

（長州が動いてくれるならそれでいい）

礼をいって立ち去ろうとすると、今度は慶親が意見を求めてきた。「進発論」についてである。郁太郎は臆することなくいった。

「武力をもって入京すれば、京を混乱に陥れる危険があります。しかも戦闘になった場合、勝つ見込みがどれくらいおありでしょうか。敗戦となれば朝敵の汚名を受け、長州藩に同情的な藩からも、見限られることになりかねません。それに朝廷がどういう考えで幕府に従っているのかもわかりません。私は朝廷の本意を探るためにも、今はまだ雪冤運動に注力すべきと考えています」

京の久坂からも同様の意見が届いており、慶親は進発の準備は進めながら、朝廷への働きかけも継続していく決定を下した。そして宍戸左馬之介を大坂藩邸の留守居役に任ずると、こうした藩の方針を京坂の藩士らに周知徹底するよう命じた。

慶親は家臣の進言になんでもそうせいということから「そうせい公」と陰でいわれていたようだが、郁太郎が接する慶親は、家臣の意見によく耳を傾けながら、最後は自らの責任で決断していく頼もしい藩主であった。

郁太郎が宍戸とともに上京の途に就いたのは、四月十三日のことであった。

郵便はがき

料金受取人払郵便

新宿局承認

3971

差出有効期間
2022年7月
31日まで
（切手不要）

1 6 0-8 7 9 1

1 4 1

東京都新宿区新宿1－10－1

(株)文芸社

愛読者カード係 行

お名前《ふりがな》		明治 大正 昭和 平成	年生 歳
ご住所《ふりがな》	□□□-□□□□	性別	男・女
お電話番号	（書籍ご注文の際に必要です）	ご職業	
E-mail			
ご購読雑誌（複数可）		ご購読新聞	新聞

最近読んでおもしろかった本や今後、とりあげてほしいテーマをお教えください。

ご自分の研究成果や経験、お考え等を出版してみたいというお気持ちはありますか。

ある　ない　内容・テーマ（　　　）

現在完成した作品をお持ちですか。

ある　ない　ジャンル・原稿量（　　　）

書　名					
お買上 書　店	都道 府県	市区 郡	書店名	書店	
			ご購入日	年　　月　　日	

本書をどこでお知りになりましたか？

1.書店店頭　2.知人にすすめられて　3.インターネット（サイト名　　　　）

4.DMハガキ　5.広告、記事を見て（新聞、雑誌名　　　　）

上の質問に関連して、ご購入の決め手となったのは？

1.タイトル　2.著者　3.内容　4.カバーデザイン　5.帯

その他ご自由にお書きください。

（　　　　）

本書についてのご意見、ご感想をお聞かせください。

①内容について

②カバー、タイトル、帯について

弊社Webサイトからもご意見、ご感想をお寄せいただけます。

ご協力ありがとうございました。

※お寄せいただいたご意見、ご感想は新聞広告等で匿名にて使わせていただくことがあります。

※お客様の個人情報は、小社からの連絡のみに使用します。社外に提供することは一切ありません。

■書籍のご注文は、お近くの書店または、ブックサービス（0120-29-9625）、セブンネットショッピング（http://7net.omni7.jp/）にお申し込み下さい。

戦闘

元治元年（一八六四）四月二十日、孝明天皇は将軍・徳川家茂に「庶政委任」の勅書を授けた。

これは、朝廷が政策の一切を幕府に委任するというもので、別紙には、特に対処すべき重要事項として、横浜の鎖港、海岸の防御、物価の安定に加えて、長州藩の処置が掲げられていた。

長州藩の処置とは、次のようなものである。

一、三条実美以下脱走の面々並びに長州藩の暴臣について、一切朝廷は指図しないので、幕府の思いのとおりにせよ。

長州藩内に動揺が走った。これでは、今まで積み重ねてきたもののすべてが否定されたのも同然である。

いったん静まりを見せていた「進発論」が再び息を吹き返した。

「このまま何も策を講じなければ、状況はますます不利になるばかりではないか」

郁太郎のいる京の長州藩邸内にも、藩士らの怒声が響きわたっている。

深まる朝廷と幕府の蜜月にどう対処していくべきか、郁太郎は不安な気持ちで、そのことばかりを考えていたのだが、実はこのとき、幕府の内部には大きな亀裂が生じていた。

もともと「庶政委任」は、公武合体派の中川宮と禁裏《きんり》御守衛総督に新たに就任した一橋慶喜が連携して推し進めた政策であった。

これに反発する形で、薩摩藩の島津久光や政事総裁職を務める福井藩主・松平春嶽ら有力諸侯が、勅書が下されるのを待たずに国元に引き上げてしまったのである。

さらに五月になると将軍・家茂までも、京の守りを京都守護職の松平容保に任せ、さっさと江戸に帰ってしまった。

これに長州藩内の急進派が反応した。

「政治的、軍事的空白が生じた今こそ、京へ進出する好機である」

と、彼らは強く主張した。そしてこれに呼応するかのように、全国から尊王攘夷派の志士がぞくぞくと京に集まり始めた。幸いなことに、京では彼らに心を寄せる者も少なくなく、潜伏場所はいくらでもあった。

『八月十八日の政変』以降、長州へ引き上げていた元熊本藩士の宮部鼎蔵もこのとき入京してきた一人である。彼は、以前から交流のある商人の古高俊太郎邸に、弟の春蔵や弟子の松田重助らとともに潜んだ。

古高はこのとき、養父・湯浅喜右衛門から引き継いだ福岡藩御用達の割木商・枡屋で骨董屋を営む一方、志士らを支援するため、活動拠点の提供や情報収集、武器の調達などを行っていた。

宮部の情報は、すぐに長州藩邸にいる郁太郎のもとへもたらされた。

郁太郎は師である真木と同世代で、尊攘派の重鎮ともいえる宮部が上京したことを知って、さっそく木屋町四条上ルの古高邸に向かった。思えば、宮部が水田の山梔窩を訪れ、決起のため脱藩を決意した日から、すでに二年以上の月日がたっていた。

河原町の長州藩邸からは、歩いて四半刻（約三十分）もかからない距離である。

古高邸に到着すると、郁太郎は松田の案内で二階の一室に通された。

「お元気でしたか」

先に声をかけると、宮部はそれには答えず、

「これからもよろしく」

と、にこやかな笑顔でいった。

微笑みながら頷いた郁太郎は、真剣な表情になった。

「実はお願いがあってここにまいりました」

郁太郎は、翌日に諸藩の関係者を集めて開催される秘密会議に出席してくれるよう宮部に頼みにきたのだった。

「何とか長州藩を支える体制をつくっておきたいのです」

そう訴えると、宮部は快く応じた。そこにためらいはなかった。郁太郎はこのとき、自分一人にのしかかっていると感じていた重圧から、パッと解放されたような気がした。

その後は意見交換となった。

「幕府は三条卿らを京に召喚しようとしているようです」

と、郁太郎が口にしたときだった。

「報告しなければならないことがある」

宮部はそういって、じっと郁太郎を見つめると、神妙な面持ちで、下関で病気療養

中であった七卿の一人である錦小路頼徳が病死したときのことを語った。

「そうでしたか。都に戻れる日をあれほど待ち望んでおられたのに」

郁太郎は生前の姿を思い出しながら、宮部に悟られぬようそっと涙をぬぐった。

古高邸を出るとき、あたりはすでに暗くなっていた。

「市内の詮議は厳しさを増していますので、一層の用心を、特に尾行に注意してください」

そういって、郁太郎は帰っていった。

翌五月二十七日、予定どおり久留米、柳川、福岡、岡、対馬、津和野、鳥取、浜田、広島、岡山、福山など、西国諸藩の尊王攘夷派が東山の料亭に集まった。

議題の中心は、長州藩の支援である。

この会は、河田佐久馬ら鳥取藩士が呼びかけたものだったが、終始話を進めたのは郁太郎と宮部である。話は長州が決起した場合のことにまで進み、そのときは援軍を出すことを確認して会議は終了した。

新選組は、まだこの秘密会合を摑んでいなかった。当時京で治安維持活動をしていた新選組と見廻組との間では、担当地域が振り分けられていたが、新選組は、浪士の逃亡などを理由に日常的に管轄破りを行っており、京地にいる限り、彼らの黒い影から逃れることはできなかった。

宮部の使用人・忠蔵が新選組に捕まるのは、それから五日後の六月一日のことである。四日後の五日早朝には、今度は古高邸が襲われた。

幸い宮部らはすでに古高邸を出ており、新選組は捕縛に失敗したが、ここで彼らは思いがけない収穫を得て色めき立った。

別棟の蔵などから武器や火薬類を発見したのである。

「預かりものだ」

古高はこう言い張ったが、彼らの屯所に連れていかれてしまった。

そこでは酷烈な拷問が待っていた。それは逆さ吊りにされ、足の甲に五寸釘を打たれ、貫通した足の裏の釘に百目蠟燭《ろうそく》を立てられ、火をつけられるといったものだったという。

「長州藩士をはじめ、尊王攘夷派四十人ほどが、町人等に変装し京地に潜入している」

新選組は、古高の自白から得た情報を会津藩に報告。彼らを捜し出して、召し捕るための加勢を要請した。

一方、新選組による古高邸急襲の難を逃れた宮部は、四国屋、小川亭など宿を変え、このとき長州藩邸にいた。

宮部は郁太郎や長州藩の吉田稔麿《としまろ》らと協議し、壬生の新選組屯所を攻め、古高を奪還することに決すると、京都留守居役の乃美織江に、

「藩邸から人を出してもらえないか」

と依頼した。

しかし、乃美は『八月十八日の政変』以降、ほとんどの藩士が帰国を余儀なくされ、藩邸にはわずか三十人程度しか残っていないことを理由にこれを断った。

宮部は近くの池田屋に同志を集め、改めて対応を協議することにした。

夜になると、降り続いていた雨もすっかり止んでいた。

この日、六月五日は祇園祭宵山の前日でもあり、人々はその準備のためあわただしく駆け廻っている。その中を、新選組は隊を二つに分け探索を始めていた。彼らは、高瀬川付近の三条通りと四条通り周辺にある、旅館や茶屋などを一軒一軒調べていった。

新選組の一隊が、三条木屋町の池田屋に乗り込んできたのは、夜四ツ（午後十時半頃）のことである。

「皆様、御用改めです！」

悲鳴を上げるように叫んだ宿の主人を押しのけ、隊士らは二階に駆け上がっていっ

た。このとき突入してきたのは、局長の近藤勇をはじめ、沖田総司、永倉新八、藤堂平助の四人で、残りの隊員は池田屋の周囲を固めていたという。

池田屋の二階では、郁太郎、宮部、吉田など二十余人が激論の最中であり、不意を突かれた格好となった。郁太郎らは、白刃を切り抜けつつ応戦するが、兜に鎖帷子《くさりかたびら》でものものしく武装している相手では勝負にならず、しだいに防戦一方となった。

このままでは全員無駄死にする。そう判断した宮部は、

「再起を期そう」

と呼びかけると、勢いよく階段を下りていった。そのあとを松田など数人が続いたが、運悪く副長・土方歳三率いるもう一隊の到着と重なってしまった。宮部は数か所に傷を受け自刃。松田重助も闘死した。

一方、郁太郎は負傷しつつも二階の裏手から飛び降り、敷地の北側にある三之船入と呼ばれる高瀬川の水路に身を隠して難を逃れた。そのまま幅およそ三間（約五・四メートル）ほどの水路づたいに本流に出ると、朝からの雨で増水していた川の流れに逆らうように進んだ。一之船入あたりまできたところで、郁太郎は周りに人がいないことを確認し、川から上がった。そして敵に見つかったときに動きやすいようにと、ずぶ濡れの着物を腰まではだけると、傷口から流れ出す鮮血に構うことなく、津和野

藩邸まで奔った。

『乃美織江覚え書』には、このときの様子が次のように記されている。

「浪士渕上郁太郎、裸体川を渉（歩いて渡ること）て津和野藩邸に遁れ、三日を経て屋敷（長州藩邸）に帰る」

『池田屋騒動』といわれるこの襲撃事件で、長州藩側は十名を超える死者を出し、残りの多くも傷つき捕らえられた。吉田稔麿や昨年、真木らを救出するため久留米に駆け付けてくれた杉山松助もこのとき死亡した。

この惨状に憤慨した乃美は、すぐに禁裏御守衛総督の一橋慶喜に抗議文を送りつけた。

さらに福岡、対馬、鳥取、広島、岡山の諸藩も、

「取り調べもなく、斬戮《ざんりく》に及んだのはいかなる趣意であるか」

といった内容の詰問書を朝廷と会津藩に提出し、返答を要求した。

しかし、それに対して明確な回答はなく、京都守護職である会津藩主の松平容保は、在京諸藩に対し、

「潜伏している怪しき者は召し取り差し出すこと。場合によっては斬り捨てても構わぬ」

という、火に油を注ぐような通達を出す始末であった。

ギリギリのところで踏み留まっていた歯車がついに動き出した。

これまで「進発」に慎重な姿勢を崩さなかった長州藩主の慶親が、家老らに上京を命じたのは『池田屋騒動』の報を受けてからすぐの六月十四日のことだった。

六月十五日、まず来島又兵衛が遊撃隊を率いて京に向け進発した。

翌十六日には福原越後隊が山口から、真木及び久坂は共同総管として、忠勇・集義・八幡・義勇・宣徳尚義の五隊を率いて三田尻を出発した。国司、益田の両家老の隊も、準備が整いしだい彼らの後を追うことになった。

六月二十四日、来島又兵衛率いる遊撃隊、福原越後隊が相次いで京の伏見に到着。

同日、真木らも摂津と山城の国境にある山崎に着いた。

真木と久坂は、配下の五隊を天皇の君側を清める正義の軍を意味する「清側義軍」と名付けた。そして主力を天王山に配置して戦闘態勢を整える一方、一縷《いちる》の望みを託し、老中・稲葉正邦に使いを出して、朝廷への上奏文を提出した。

漢文体の二千数百字に及ぶこの上奏文は『草莽《そうもう》の微臣』の肩書で真木と久坂が中心となって心血を注いで起草したもので、天皇の明《めい》（正しい判断能力）を蔽《おお》う君側の誤りを七か条にわたって追及したうえで、長州藩主の復権や攘夷の実行などを求める内容であった。

（長州藩はこれからどこに向かおうというのか。よほどの案でもない限り解決策はない）

頼りとする宮部はもういない。静まり返った長州藩邸の中で、郁太郎は一人苦慮していた。

（幕府が長州藩の主張に耳を傾けることはないだろう。仮に幕府が話し合いの場に出てきても、長州藩が少しでも妥協したりすれば、伏見と山崎に布陣している兵たちが黙っていない。最悪の場合、武力衝突が起きる。だが、今のような孤立した状態で戦いが始まれば長州軍に勝ち目はないし、これまで犠牲を払ってきたすべてが水泡に帰してしまう）

袋小路に迷い込んだような感覚であった。

目を閉じると、多くの同志たちが志半ばで斃《たお》れていったことが、昨日のことのように思い出された。

『池田屋騒動』、『天誅組の変』、『生野の変』、『寺田屋騒動』……。

無意識のうちに、過去の記憶がよみがえってくる。これまでどれくらい時間を費やしただろうか。

故郷・水田の山梔窩で真木から講義を受けていた頃のことが、鮮やかな光景とともに郁太郎の脳裏をよぎる。

「論より実が大事である」

真木はいつも、そう言い続けていた。

それは、これまでの郁太郎の活動の原点といえる場面であった。

（いろいろ考えて何もせぬより、現実を直視し今できることをやろう。今まで諸藩の協力を得ようと必死に努力してきたのに、などと泣き言をいうことはすまい。このまま武力衝突となり敗れることがあっても、失敗から学べばいいし、命を落とす運命であっても、歩みを止めなければ必ず志を継ぐ者が出てくる）

郁太郎は覚悟を決めた。そしておもむろに顔を上げると、このとき長州藩邸にきていた同郷の池尻茂四郎に向かっていった。

「みんなを集めてほしい」

すぐに百人ほどが集まってきた。

「知ってのとおり、今、長州藩は伏見と山崎に兵を駐屯させ、京へ再進出の機会を覗っている。我々も西方の要衝地である嵐山の天龍寺に布陣して、少しでも後押ししようではないか」

郁太郎の呼びかけに、待ち望んでいたかのような歓声が起こった。

事態は急を要するということで、すぐに出立の準備が進められることになった。

騒然となった部屋の片隅で甲冑を身に付けているとき、ふと郁太郎は思った。

(池田屋で剣を抜いたあのときから、自分は心の奥底で、こうなることを望んでいたのかもしれない)

郁太郎らは、留守居役の乃美にこれまでのお礼を申し述べると、整然と隊列を組んで、藩邸を後にした。そして目的地である天龍寺に屯集すると、このことを聞きつけ、遊撃隊を率いてやってきた来島又兵衛の指揮下に入った。

六月二十六日のことである。

うれしい再会もあった。弟の謙三と真木の四男・菊四郎が、郁太郎を訪ねてきたのである。これからは、天王山に陣を構えた真木と天龍寺の郁太郎の間を行き来して意思疎通を図るという。

「先生はお元気か」

「観音寺や大念寺など、天王山の麓《ふもと》の諸営を駆け廻っていますよ」

二人は、にっこり笑いながらそう答えた。

しばらく談笑した後、彼らは真木のもとに帰っていった。

長州軍と幕府軍との睨み合いは続いたが、七月四日に事態が動いた。

禁裏御守衛総督の一橋慶喜からの指示で、幕府大目付の永井尚志《なおゆき》が伏見の長州藩家老の福原越後のもとを訪れ、藩兵をすみやかに京都周辺から退去させるよう勧告したのである。

予想されたこととはいえ、一縷の望みを託した真木らの上奏文は、完全に無視された格好となった。

七月十二日には、大島吉之助（西郷隆盛）も薩摩兵四百人を率い入京してきて、幕府は長州藩に圧力を加えつつ、着々と京都防衛の布陣を固めていた。

一方、幕府の退去命令に対し、福原は「藩主父子や三条実美卿らの復権を求める兵士の説得に時間がかかっている」などと理由をつけて、兵を引かないばかりか、七月十五日には後続の益田隊が山崎の対岸の男山八幡に布陣。さらに七月十七日には国司隊が天龍寺において来島の遊撃隊、郁太郎の隊と合流し、対立は先鋭化していった。

七月十六日、一橋慶喜は大目付の永井を伏見に差し向けた。

永井が福原に勧告するのは、七月四日、同十一日に続いて今回で三回目である。

「退去しなければ、朝廷より相当の処置の沙汰があるものと心得よ」

永井は福原に直接面会し、最後通牒《つうちょう》とも取れるような強い言葉を用いて、翌十七日を期限とする撤兵を厳命した。

こうした状況を受けて、十七日の昼八ツ半（午後三時頃）、益田、福原、国司の三家老に真木、久坂、来島らが益田隊本営の男山八幡に集まり、軍議を開いた。

そこで来島は威勢よく開戦を主張した。

「二千数百の軍で十倍ほどの敵に当たるのは無謀です。今、世子君が三条卿とともに大軍を率いてこちらへ行軍中であり、これを待って策を練るべきです」

即座に久坂が反対すると、来島は強く反論した。

「進んで敵の機先を制し、会津の松平容保をはじめ、君側の奸《かん》を清めるのに何の躊躇が必要か。いろいろ議論ばかりしておったら、逆に敵の襲撃を受けるわ」

議論は堂々めぐりとなり、どちらも引く気配がない。

とうとうしびれを切らした来島は、涙を流しながら、

「我が意見に反対の者はそのまま留まっておればよい。遊撃隊だけでも進撃する！」

そういって、机を軍扇で叩いた。

久坂は沈黙した一同をぐるりと見廻し、真木に訊いた。

「先生のご意見は」

主戦派というこれまでの立場を貫くように、真木は静かにいった。

「来島さんと同じです」

この一言により進撃に決した。

「何《いず》れ共に戦争と相成候儀は勿論《もちろん》の事故、私共兄弟に於《おい》ても誠に微力薄識の者には御座候へ共、正之一字を頭に戴《いただ》き、死生を一戦之下に決し候儀は兼《かね》ての覚悟に御座候間、何卒《なにとぞ》不孝之罪は幾重にも御赦免被下候様奉願上候」

これは開戦の九日前、郁太郎が天龍寺の陣から、生死を一戦のもとに決することはかねてからの覚悟である、と父親に書き送った手紙である。

七月十九日、夜九ツ（午前零時頃）、ついに福原隊七百人が伏見から御所を目指し進撃を開始した。

福原隊は待ち構える幕府軍を避けようと、竹田街道を通らず東側に迂回するように伏見街道を北上した。しかし、藤森まできたところで、待ち構えていた大垣藩からいきなり大砲を打ち込まれ、これに福原隊が直ちに応戦。戦いの火蓋《ひぶた》が切られることになった。

しばらく交戦し、福原隊は大垣兵を撤退させることに成功すると、そのまま北上を続けたが、宝塔寺門前に差し掛かったとき、今度は新手の大垣兵が攻撃を仕掛けてきた。このとき折り悪く、民家に潜んでいた敵の銃弾が福原の頬に命中。これにより指揮不能となった福原隊はあえなく敗走した。

一方、郁太郎は天龍寺で静かに出陣を待っていた。攻撃命令が下されたのは、夜八ツ（午前二時頃）であった。

天龍寺の前には薩摩藩、近江の膳所《ぜぜ》藩、福井藩、小田原藩、伊予の松山藩が進路を遮るような形で陣を構えていた。天龍寺の隊は、国司隊四百人と来島隊四百人に分かれて、敵陣の間を粛々《しゅくしゅく》と進んだ。

そこを無事に通り抜けると、来島隊を二分し、その一隊を児玉小民部が率い、計三隊で御所を目指した。

夜も明けて、ようやくあたりの状況が見通せるようになったときだった。見計らったかのように来島隊から一発の大砲が放たれ、京の中心に爆音がこだました。これを合図に国司隊が中立売《なかだちうり》御門、来島隊が蛤《はまぐり》御門、児玉隊が下立売《しもだちうり》御門へ殺到した。

いずれも御所の固い守りを象徴する「外郭九門」であったが、三隊はすべてこれを突破。怒涛《どとう》の如く御所内へ斬り入った。

特に郁太郎のいる来島隊の士気は高く、眼前の会津兵を突き崩すと、宮殿の南にある京都守護職・松平容保の仮宿舎である凝華洞《ぎょうかどう》まであと一歩というところまで攻め入った。しかし、危機を察した薩摩兵が乾《いぬい》御門から駆け付けると、退却していた会津兵も戻ってきて、来島隊は挟撃《きょうげき》される形となった。兵が一人、また一人と倒され、蛤御門近くまで押し戻されたが、勇将・来島の兵に弱卒なく、なおも陣形を保ちながら戦い続けた。

これが総崩れとなったのは、来島が薩摩兵の狙撃で胸を撃ち抜かれてからである。兵力が劣勢の軍がいったん崩れてしまうと、それを戦場で立て直すのは容易なことではない。まして指揮官を失った場合はなおさらである。

「山崎へ向かえ!」

我先にと撤退していく兵に揉《も》まれながら、郁太郎は連呼した。幕府軍の追撃はなかったが、側に残っている者は、ほんの数名となっていた。

全員が疲労困憊《こんぱい》していたため、とにかく休息を取ろうと、あたりを警戒しつつ路地に腰を下ろしたときだった。御所の南の方から砲声が聞こえた。

(清側義軍が幕府軍と交戦しているに違いない)

そう思った郁太郎が、

「我々はこのまま山崎へ退くか、それとも彼らに合流するか」

と問いかけると、負傷兵を含め全員が援軍に向かうことを主張した。

郁太郎は、移動中に敵に遭遇する危険を避けるため、いったん南下し二条通りに出て、それから柳馬場通りを北上することにした。

　このとき真木と久坂率いる清側義軍は、堺町御門周辺で幕府軍と激しい戦闘を繰り広げていた。郁太郎らが合流したときは、当初三百人だった清側義軍の兵は二百ほどに減っていた。

　圧倒的多数の幕府軍が相手であり、真木はこれ以上の兵の消耗を避けるため、隊を西へ移動させた。兵たちは、関白・鷹司邸裏門から一斉に邸内へなだれ込んだ。清側義軍の士気は高く、なおも塀の上から銃撃を加え戦闘を続けたが、砲撃により崩された北側の塀から敵兵が躍り込んできたところで、趨勢《すうせい》が決してしまった。

　真木は久坂と相談のうえ、全軍に撤退を命じた。

　残った兵士らは一丸となり、敵のいない南東側の塀を壊し、火の手が上がった鷹司邸から次々と退却していった。

　郁太郎はそんな混乱の中、真木に付き従っていた謙三の姿を見つけ目配せをすると、二人で半ば強引に真木の両肩を抱え、撤退を開始した。

　郁太郎らが山崎の天王山にたどり着いたのは、昼八ツ（午後二時頃）を過ぎたあたりである。そこには後詰めの益田隊が陣取っているはずだったが、すでに大半の兵が長州へ引き上げており、わずかの人数が残っているのみだった。このとき長州藩士の宍戸左馬之介は、郁太郎らの姿を見つけると駆け寄ってきて、共に長州へ引き返し再起を図ろうと勧めた。しかし、鷹司邸から脱出してきた兵士らの一部は、この意見に反対し、そのまま天王山に拠って交戦を続け、世子の軍を待つことを主張した。

そこに久坂の姿はない。久坂は燃え盛る鷹司邸内で、雪冤工作に失した寺島忠三郎と自刃していた。そのとき久坂は、共に自刃しようとする入江九一を説得し、

「如何なる手段によってもこの囲みを脱して、世子君に京に近づかないように注進してほしい」

と後を託したが、その入江は脱出する前に福井兵に見つかり、槍で顔面を刺されて死亡。久坂の忠心は世子・毛利定広には届かなかった。久坂玄瑞、享年二十五。

真木は天王山に留まっている兵士たち一人一人に声をかけ、その大半を山から退去させると、最後まで残った郁太郎らに向かって、

「御所に攻め込んだ一切の責任は私にある」

といって、早く山を下りるよう命じた。いつになく強い口調であった。

しかし、郁太郎らは真木一人に責任を負わせることはできないとして、天王山に留まった。

そのまま日暮れとなった。天王山山頂には、まだ大軍が残っているように見せかけ

るため、篝《かがり》火を焚き始めたときであった。戦闘後に行方不明になっていた真木の四男・菊四郎が陣に戻ってきた。真木はすぐに菊四郎を呼び寄せると、郁太郎と謙三を連れてくるよう命じた。

真木は謙三と菊四郎を、郁太郎に向き合うように座らせた。

「これからは郁太郎の指示に従うように」

真木は二人に向かってそう申し付けると、郁太郎の方を向いて続けた。

「あとをよろしく頼む」

「先生とここに残ります」

涙を流しながらこれを固辞する郁太郎を、真木は一喝した。

「山梔窩での約束を忘れたか」

この夜、明々と燃える京の町を眼下に見ながら、郁太郎、謙三、菊四郎の三人は、天王山を下りていった。

来襲

郁太郎が弟の謙三と真木の四男・菊四郎を連れて天王山を後にした二日後の、元治元年（一八六四）七月二十一日、その皇国への想いから「今楠公」と称された真木保臣は、同志十六名と自刃して果てた。享年五十二。
真木以外の久留米藩出身の殉難者は、次のとおりである。

加藤常吉　三十三歳
松浦八郎　二十九歳
池尻茂四郎　二十五歳
半田門吉　三十一歳
原道太　二十七歳

加藤、松浦、池尻の三人は、真木とともに天王山で自刃。

半田と原は、戦闘中に負傷し鷹司邸で割腹した。

『禁門（蛤御門）の変』といわれるこの戦いで、長州軍は二百人を超す戦死者を出して大敗し、久坂玄瑞、入江九一ら尊王攘夷派の主導者を失った。吉田稔麿は先月の『池田屋騒動』ですでに落命しており、松下村塾四天王と称される者のうち、残るは高杉晋作のみとなった。

真木の自刃から二日後の七月二十三日、朝廷は幕府に長州藩主父子追討の命を発し、これを受けた幕府は、翌二十四日に西国諸藩に長州征伐の号令を下した。

これにより薩摩藩をはじめ、三十数藩から兵が徴集され、総勢十五万ともいわれる「征長軍」が編成されることになる。

ここで、水戸に向かった久留米の志士たち、水田謙次、古松簡二、池尻嶽五郎について書いておきたい。

幕府が横浜鎖港を一向に実行に移さないことに業を煮やした水戸藩の藤田小四郎ら

が、筑波山で兵を挙げたのは『禁門の変』の四月ほど前の元治元年（一八六四）三月二十七日のことである。

「天狗党」と呼ばれた彼らは、四月三日、挙兵の成功を祈願するためと称し、日光へと向かった。出発にあたって隊の編成が行われ、水戸藩の田丸稲之衛門、藤田小四郎がそれぞれ大将と総裁になり、水田謙次は書記頭取に就任した。

田丸はこのとき六十歳。水戸町奉行などの要職を歴任していたが、実兄である山国共昌の影響で尊王攘夷派に傾倒。藩内においてその重鎮的な地位にあった。

藤田はまだ二十三歳の若者であったが、藩主・徳川慶篤《よしあつ》の上洛に随従の際、長州の桂小五郎、久坂玄瑞らから強い影響を受け、いつしか藩内過激派のリーダー格となっていた。

日光まできてみると、すでに東照宮をはじめ、その周囲は、日光奉行の要請を受けた近隣諸藩によって厳重に警備されていた。そのため一行は、日光占拠という真の目的をあきらめ、太平山へと移動していった。

太平山では、決起を聞きつけ集まってきた脱藩浪士や近隣の農民らを次々に隊に編入。一時は、千人ほどの大集団に膨れ上がった。同時に宇都宮藩をはじめ、壬生藩、下館藩などにも協力を呼びかけたが、期待していた成果を得ることはできなかった。

天狗党は、これらの藩に近い大平山に留まる理由もなくなり、新たに編入した兵士らを連れて筑波山へと戻り、次なる戦略を練ることになった。

一方、水戸藩では幕府からの圧力もあり、尊王攘夷派の家老・武田耕雲斎が罷免されると、市川三左衛門ら門閥派が要職に就いた。

六月九日、幕府は近隣の十一藩に「天狗党の追討令」を発令。市川はこれに呼応し、出兵を決定するとともに、藩内の尊王攘夷派の排除を開始した。

「水戸の同志や家族はどうなるのか」

天狗党内に大きな動揺が走り、予定どおりこのまま横浜に軍を進めるべきか、水戸に戻って市川ら敵対勢力と戦うかの議論となった。

藤田小四郎ら水戸出身者の多くは、

「市川らを掃蕩《そうとう》したのち、横浜に向かうべきだ」

と主張したが、久留米の古松簡二がこう反論した。

「我々には水戸藩内の主導権争いなど無関係である。この挙兵は、天下のためではなかったのか」

結局、水戸藩出身者が多かったこともあり、田丸は藤田らの意見を採用した。

この決定に失望した水田、古松、池尻の三人は山を下りた。他藩出身者たちの多くも、水田らの後を追って次々と離脱していった。

七月二十六日、追討軍総括に就任した遠江《とおとうみ》国相良藩主の田沼意尊《おきたか》が兵を率いて江戸を進発。追討軍は村々に通達を出し「天狗狩り」を奨励するとともに、諸藩の兵と合わせ一万数千の軍勢で彼らを追い詰めていった。

水田らは、水戸城下から南におよそ六里（約二十四キロ）にある鉾田《ほこた》に集まっていた。追討軍の接近を察知した一行は、鹿島へ移動し、そこから房総半島方面へ逃れようとした。しかし、追討軍はその退路を遮断。仕方なく陸路をあきらめ、近くの漁村を廻るも、そこには船はおろか人影すらない状況だった。

（このままでは全員討ち死にする）

そう思った水田は、一行を数隊に分け、それぞれ十数人で行動するよう提案した。包囲された状態で一気に殲滅《せんめつ》されるよりは、複数に別れて脱出した方が生存の確率が上がると判断したためである。

水田はここで古松、池尻と別れた。

だが、追討軍の追跡は執拗だった。水田は一隊を指揮して西へ向かい、霞《かすみ》ケ《が》浦《うら》湖の東岸に出ると、そこから南下した。行方郡橋門村（現・茨城県行方《なめがた》市）まで逃げてきたとき、北上してきた友軍の兵たちと遭遇した。

「敵が迫ってきている」

彼らはそう告げると、東の方へ去っていった。

敵は南北双方から迫っていた。東に逃げれば湿地に一時身を隠せるかもしれないが、武者狩りに会う危険性も高い。そう考えた水田は、やむなく西へ向かい再び霞ケ浦湖岸に出た。そこで放置されていた漁船に乗り、沖へ漕ぎ出したが、彼らの姿を見つけた村民らが十数隻の船で後に迫ってきた。

追い詰められた一行十二名は、これまでと観念し、順次自刃。最後に残った水田は、全員の遺体を湖水に投げ込むと、刀を腹に突き立て、そのまま湖に飛び込んだ。享年三十四。九月七日のことであった。

ほどなく湖岸に五名の死体が漂着した。水田もその中の一人で、その衣服には「行《こう》義竭忠《ぎけっちゅう》」の文字が記されていた。これは「義を行い、忠を竭《つく》す」という意味である。

遺族の話によると、水田は「ちょっと出かけてくる」とだけ言い残し、家を出たという。部屋には、家族との別れを覚悟した短歌が残されていた。

住みなれし草の庵の別れ路に
なみだをかくす今日のくるしさ

池尻嶽五郎も命を落とした。彼は水田らと別れた後、幕府軍の追撃により捕らえられ、十一月三日に斬殺された。享年二十一。なお、嶽五郎は、真木とともに天王山で自刃した池尻茂四郎の弟である。

古松簡二は、伝染病に見せかけるため、顔に赤い粉を塗り、追討軍の目を欺いて脱出に成功。明治維新を迎えることができたが、その後、政府転覆を図ったとされる長州の大楽《だいらく》源太郎をかくまった罪で捕らえられ、明治十五年（一八八二）六月十日、東京石川島の獄にて病死した。享年四十八。

水田ら他藩出身者の大量離脱や幕府軍との交戦によって弱体化していた天狗党であったが、幕府の圧力により罷免された先の家老・武田耕雲斎を総大将として迎えることで、再び勢力を盛り返していた。

武田は、前藩主・徳川斉昭《なりあき》が生前最も信頼を寄せていた側近の一人であった。

武田率いる天狗党は、常陸国久慈郡大子村から下野《しもつけ》に入ると、中山道を西上した。目的地は京都である。

斉昭の第七子で禁裏御守衛総督として京にいる一橋慶喜に面会し、今回の挙兵の調停を請願しようというのである。

武田は尊王攘夷運動の支持者ではあったが、もともと藤田ら天狗党の挙兵を「早まった暴挙」と諫めていた。その総大将を引き受けたのは、藤田の強い要請にやむなく応えたからである。一説によると、武田は天狗党の首領となったときから死を覚悟していたという。

武田を総大将に据えた総勢千余人の天狗党は、下野から上野《こうづけ》、信濃を横断し、美濃へ入った。さらに近江へと向かおうとするが、水戸浪士らによって井伊大老を討たれた彦根藩などがその進路を塞いでいたので、戦闘を避けるため越前へ迂回し、京を目指した。

深い雪を掻き分けながら、蠅帽子《はえぼうし》峠、笹又峠を超え、さらに木ノ芽峠を越えて敦賀の新保村へたどり着いたときだった。前方に布陣していた加賀藩から、自分たちが拠り所にしていた一橋慶喜が幕府追討軍の総指揮官であることを知らされると、武田は軍議を開いて、ついに投降することを決定した。十二月十六日のことだった。

翌慶応元年（一八六五）二月、武田耕雲斎、田丸稲之衛門、藤田小四郎ら三百五十三名が敦賀の来迎寺において斬首された。残りの者も遠島、追放などの処分を受け、天狗党は消滅した。

彼らが期待をかけていた慶喜は、最後まで冷淡だった。

元治元年（一八六四）は、長州藩にとって受難の年であった。『禁門の変』の敗戦から一月も経たない八月五日、今度はイギリス・オランダ・フランス・アメリカの四国連合艦隊が下関を襲うのである。

イギリスに留学していた井上聞多（馨《かおる》）と伊藤俊輔《しゅんすけ》（博文）が、現地の新聞で連合艦隊の下関襲来計画を知り、急ぎ横浜に帰着したのは、そのおよそ二月前の六月十日のことだった。

二人はイギリス公使館に行って、オールコック公使から「長州藩が開国をはじめ、連合軍の条件に応じれば攻撃を控えてもよい」との言質を取ると、すぐに長州に戻り、藩主や重臣らの説得を開始した。二人は西洋との圧倒的な軍事力の差を説明。武力衝突だけは絶対に回避するよう必死に説いたが、藩内が一年二月前の復讐とばかりに、戦意が燃え上がっている状況で、しかも藩是である攘夷を撤回させ、開国に踏み切らせるというのだから、それは容易なことではなかった。

やはり説得は不調に帰した。だが、それだけでは終わらなかった。長州藩が艦隊の来襲に関し「必戦を期すべき」と、藩内に布告したのである。二人は藩内で孤立し、命を狙う者さえ出てきたが、それでも二人は、開戦を思い留まるよう説得を止めなかった。

こうした中、藩にとって容易ならぬ情報が飛び込んできた。『禁門の変』で敗れた長州藩に追い打ちをかけるように、幕府が西国諸藩に長州征伐の動員令を発したというのである。

長州藩は、海外列強の連合軍と幕府、二者をほぼ同時に相手にしなくてはならない状況に陥ってしまった。京から逃れてきた兵たちは疲労しきっており、傷もまだ癒えていない。長州藩としては、このまま手をこまねいているわけにはいかなかった。

急遽、長州藩主父子、支藩主、家老らが一同に会する最高意思決定会議とでもいうべき大会議が、三田尻において開催されることになった。

「とても二面作戦はできない。今は幕府との戦いに注力すべきである」

会議では当初からこうした意見が大勢であったので、すぐに連合軍との止戦の方針が取りまとめられ、ようやく交渉が開始されることになった。

七月二十七日のことである。すでに井上と伊藤が藩主に謁見してから、一月以上が経過しており、その日はちょうど連合軍が長州藩との交戦を決定し、下関に向けて横浜港を出港した日であった。

手遅れといっていい状況だったが、二人はあきらめなかった。連合艦隊が豊後国東半島の姫島沖に現れたとの情報を得ると、伊藤はすぐに海軍局の松島剛蔵を伴い、漁船に乗って姫島に向かった。だが、途中の海上で、北進してくる艦隊を見送る格好になってしまった。

姫島沖を出た連合艦隊が、海流や長州兵の配置状況の調査を終え、下関の沿岸に向かって前進を始めたのは、八月五日の昼八ツ（午後二時頃）を過ぎたあたりである。

敵の兵力はイギリス艦九隻、オランダ艦四隻、フランス艦三隻、アメリカ艦一隻の計十七隻で、大砲総数二百八十八門、兵数五千余。

迎え撃つ長州藩は、主力の前田砲台に八十ポンド砲など二十門、壇之浦砲台に三十ポンド砲など十四門で、その他の砲台の大砲を合わせて全部で百二十門ほどであった。兵数は奇兵隊のほか、膺懲《ようちょう》隊、長府藩兵など総勢二千足らず。

兵力の差は明らかであった。

前田砲台は奇兵隊第三代総管となっていた赤祢武人、壇之浦砲台は奇兵隊軍監の山県小輔《こすけ》（有朋《ありとも》）が指揮を執っていた。

連合艦隊の旗艦、イギリスのユーリアラス号は、長州藩の陣地が射程に入ったのを確認すると、第一発を放った。

長州藩もこれに応じ、戦闘の火蓋が切られた。

たちまち激しい砲撃戦となったが、連合軍の最新式のアームストロング砲と長州藩の時代遅れの青銅砲とでは、命中精度、発射速度、射程などすべてが比較にならなかった。一刻（約二時間）ほどの攻撃で前田砲台の多くが破壊され、その他の砲台も完全に沈黙した。その後、イギリス艦パーシュース号が友軍の援護射撃を受けながら、前田砲台近くに接岸。兵を上陸させると、砲台に侵入し、陣屋に火をつけ、大砲の火門に釘を打つなどして悠々と引き上げていった。

それでも長州兵は、夜になると陣屋に戻ってきた。そして破壊された大砲をすばやく修理すると、再び戦闘態勢を整えた。

八月六日の戦いは、長州兵からの砲撃により始まった。このとき壇之浦砲台では、敵艦二隻に砲弾を命中させ戦果を挙げたが、態勢を整えた連合軍が集中砲火を開始すると、長州の砲台は再び沈黙、敵に再上陸を許すことになった。その後、地上戦となったが、前田一帯を占領した敵兵は、壇之浦砲台にも進軍し、今度は砲台や陣屋を徹底的に破壊した。こうして下関の沿岸は敵軍の手に落ちてしまった。

八月七日、長州藩からの救援要請を受け、郁太郎と菊四郎は、忠勇隊隊長（中岡慎太郎との共同隊長）に就任していた真木の弟・直人とともに三田尻から下関へ急行した。しかし、到着を前に長州藩が講和使節を連合軍に送り休戦となったため、戦闘に参加することはなかった。このとき体調を崩していた謙三は三田尻に残っていた。

ところで、主力となって戦ったはずの奇兵隊の働きは、隊の出来事を克明に記録した『奇兵隊日記』ではわからない。よく知られていることだが、戦闘の論功行賞のために最も重要だと考えられる八月五日から五日分が欠落しているのである。

明治になって、奇兵隊総管だった赤祢武人の贈位申請がなされた際、元老の山県有朋は、この戦いの最中に赤祢は持ち場を放棄し、兵士たちが赤祢の遁走に憤激していたという主張をして、これに反対している。

しかし、奇兵隊士の一人として戦った白石正一郎の八月六日の日記には、こう書かれている。

「早朝より炮声相聞へ候得共 此方ニハ最早陸戦の用意ニて各甲冑に身をかため（中略）惣管赤根ふミとどまり 清水茶屋の処へ五六十人残り候得共 終ニ夷人も不追来」

これによれば、赤祢は最後まで踏み留まり、清水茶屋というところで兵五、六十人を率いて敵の来襲を待ち構えていたということになり、山県の主張とは明らかに違いがある。いずれにせよ赤祢が叙位の栄誉に浴することはなかった。

八月十四日、長州藩は連合軍と講和条約を締結した。

この戦いは一見、昨年の長州藩からの攘夷攻撃に対する連合軍の報復のように見えるが、講和条約の内容から察すると、長州藩を武力で叩き、攘夷をあきらめさせ、さらに多額の賠償金を支払わせることによって、自分らに逆らえないように力を削いでおこうというのが、彼らの真の意図だったように思える。現に、昨年五月に長州藩が攻撃したのは、アメリカ、フランス、オランダの艦船であって、艦隊の主力を務めたイギリスの艦を攻撃した事実はないのである。こうしたやり方は、世界に植民地を拡大していった列強の常套手段である。彼らは目的を達すると、揚々と下関を去っていった。

郁太郎は、長州藩が連合軍と講和したことを三条らに報告するため、謙三と菊四郎を連れて湯田へ向かった。

このとき三条の護衛の者たちの様子が違っていた。いつもは郁太郎の来訪を笑顔で迎えてくれていたのだが、今回は郁太郎の顔を見ても、目を伏せるようなしぐさをして、声をかける者もいない。三条との面会を終えて、彼らに話しかけてみるものの、謙三と菊四郎には気さくに応じているのに、郁太郎にだけは、やはりよそよそしい態度である。

不審に思った郁太郎は、思い切って以前から仲の良かった土佐の土方楠左衛門に理由を尋ねてみた。この土方も同じ江戸の大橋訥庵門下である。

「貴藩の水野正名が君のことを、なぜ師である真木泉州（保臣）に殉じなかったのか、卑怯者といって罵《ののし》っている」

土方は囁《ささや》くような声でそう告げると続けた。

「水野の顔色を気にして、そのような態度をとっているのだろう」

郁太郎は悲しかった。

（私以外にも謙三や菊四郎をはじめ、多くの者たちが戻ってきているし、水野自身はいつも安全なところにいて、私のことをいろいろ言えた柄か。それに私は、先生に二人のことを託されたのだ）

水野にそういってやりたかった。

脱力感もあったのだろう。

（しばらく長州を離れよう）

と思った。

「少しの間、謙三と菊四郎を側においてほしい」

郁太郎はそういって、土方に二人を託すと、ただ一人、上方へ向かった。

町人姿になった郁太郎が大坂に着いたのは、八月下旬のことであった。

『禁門の変』の後、幕府によって京都と大坂の長州藩邸は没収されていたので、今橋の豪商・鴻池を訪ねた。そこには昨年、新選組から家宅捜査を受け、京都を追われた山中成太郎がいる。そんな噂を聞いていたからである。

当初、鴻池の者は、山中が滞在していることを否定していたが、郁太郎が山中との関係を詳しく説明すると、しばらくして奥の部屋から駆けるように山中本人が出てきた。

「すでに征長軍の編成も決まり、各藩もその準備に大わらわですよ」

山中はそういうと、郁太郎の顔をまじまじと見ながら、

「近く商売で筑前に下るので、一緒に行きませんか」

と誘ってきた。

「大坂に着いたばかりですよ」

「私は、政治的なことに深くかかわる気はございませんが、お願いしたいことがあるのです」

山中はそう前置きして、

「今、福岡藩が、幕府と長州藩の和解のために動いているのはご存知でしょう。ただ藩士の浅香市作殿や藩医の鷹取養巴《ようは》殿らが使者として山口に赴いていますが、芳しくないようです。急がなければ手遅れになります。淵上さんが間を持ってくれれば、こ

の話は成就します」

と、強い口調で郁太郎に迫った。

「なぜあなたは長州藩にそんなに肩入れするのですか」

「いや、長年福岡藩の御用商人を務める者として、ただ福岡藩のお役に立ちたいのです」

郁太郎の問いに、山中は笑って答えた。

周　旋

福岡に到着すると、郁太郎は山中の紹介で福岡の尊王攘夷派、いわゆる「筑前勤王党」の中心人物であった月形洗蔵や鷹取養巴らと相次いで面談した。

月形も鷹取も『生野の変』によって捕らえられた平野国臣のかつての同志である。『八月十八日の政変』後、平野より「出奔して共に決起してほしい」と持ち掛けられたが、二人は藩に残る道を選んでいた。

「改めて長州藩に使者を送ってもらいたい」

と、郁太郎は月形に要請した。彼は快くこれに応じると、

「そのためには家老である黒田播磨を動かす必要がある」

といって、すぐに面会の場を設けてくれた。

郁太郎は黒田の前でこう訴えた。

「幕府と長州藩の争いは、国の混乱を招くだけで、誰も望むものではありません。ぜひ貴藩の主導でこれを収めていただきたい。微力ではありますが、私も長藩の知友に働きかけ、全力で協力いたします。この役目は、双方の信頼が厚い貴藩にしかできません」

しかし、黒田は回答を渋った。幕府の機嫌を損ねるかもしれないと恐れたのだろう。そこには藩の重役たちも居並んでいたが、皆黙ったままだった。

「それでは対馬藩と一緒に、ということではどうでしょうか」

郁太郎は改めて提案したが、反応はない。

ここで月形が助け舟を出した。

「これは長州の本音を訊けるいい機会です。このことが我が藩に不利に働くことはないと思われますし、何より天下のためです」

そういって、半ば強引に黒田を説き伏せ、福岡藩から長州藩へ使者を出すことを了承させたのである。

面会を終えた郁太郎はさっそく、福岡藩の早川養敬とともに肥前の田代（現・佐賀県鳥栖《とす》市）へ向かうことになった。

この早川も郁太郎と同様に本業は医者であり、時期は異なるが、江戸で大橋訥庵に学んだことも同じであった。

田代は対馬藩の飛び地で、このとき家老の平田大江が代官を務めていた。平田は藩を代表する尊王攘夷派で、幸い郁太郎は京で知り合って以来、気心の知れた間柄である。

平田は二人を快く迎えてくれた。

福岡藩に提案した対馬藩との連携など、これまでのいきさつを郁太郎から聞き終えた平田は、膝を進めると、単刀直入に質問を投げかけてきた。

「ところで幕長の和解が成就した場合、その後のことは何かお考えですか」

しばらく間があり、郁太郎はきっぱりと言い切った。

「薩長の同盟を考えています」

郁太郎が「薩長同盟」という自ら温めていた構想を初めて公にした瞬間である。

一瞬、平田は驚いたような表情を見せたが、すぐに穏やかな表情に戻って、こう応じた。

「それならば喜んでお受けしましょう」

郁太郎は黙って頭を下げた。

福岡への帰り、早川はぼそりといった。

「淵上さん、実は薩長の同盟は、我が藩も考えているのですよ」

筑前の福岡藩が薩長同盟を模索していることは、うすうす感じていたが、そのことはおくびにも出さず、

「薩長の後は貴藩も加わって薩長筑《ちく》ですね」

と、郁太郎は返した。

早川は足を止め、何度も頷いていた。

福岡藩が大役を果たしてくれれば、当然その流れもできるだろう。誰の提案だろうが、実現すればそれでよい。郁太郎はそう考えていた。


九月十日、下関に戻った郁太郎は、その足で三条のいる湯田に向かい、土方楠左衛門と面談。長州と幕府の和解を密かに進めていることを打ち明けた。

「必ず福岡や対馬の仲介者を連れてくるので、三条卿に依頼して長州公との面会の場をつくってほしい」

郁太郎は土方にそう要請し、謙三と菊四郎を連れて下関へ帰っていった。

この頃、長州藩では『禁門の変』や連合艦隊との攘夷戦における敗北により、保守派が台頭していた。彼らが幕府による長州征伐という難局を、ひたすら「謝罪恭順」

することで乗り切ろうと提案したのに対し、亡き久坂玄瑞らの流れをくむ急進派は恭順の姿勢をとって急場をしのぎ、その間に武備を固め幕府との対決に備える「武備恭順」を唱えた。

このため藩論は二分され、藩は大きく揺れていた。この間にも幕府は、長州を四方から包囲するように着々と征長軍の配置を進めており、郁太郎はその動きを注視しながら、この権力争いを静かに見守るしかなかった。

こうした中、九月二十五日に山口藩庁の政事堂で君前会議が開かれた。幕府に対する藩の方策を定めるためである。

会議は両派による大激論となったが、最後は藩主の敬親（慶親）が、急進派の主張する「武備恭順」を採択し、終了となった。

（ひとまず安心だ）

郁太郎は再び馬関海峡を渡り、筑前へ向かった。

福岡藩では、まだ長州への使者の選定が続いており、郁太郎は仕方なくその結果を待つことにした。月形から使者となる小金丸兵次郎を紹介されたのは、それから数日後のことである。

（やっと田代に行ける）

そう思って出発の準備を始めたとき、一人の男が郁太郎を訪ねてきた。

土方の使者だと名乗る男は、一通の書状を差し出した。そこには長州藩主が面会を承諾したことが書かれていた。郁太郎が礼を述べてそれを懐に仕舞おうとすると、突然、男が無表情のまま口を開いた。

「土方からの伝言です。毛利公は山口から萩に移られました」

「なぜ萩に戻られたのですか」

漠然とした不安が脳裏をよぎったが、郁太郎は自分に言い聞かせるようにつぶやいた。

「まずは、幕長の和解が先決だ」


十月十一日、郁太郎は月形、早川、小金丸らと肥前の田代に向かった。

一行を出迎えた対馬藩家老の平田大江は、

「私はこの地を離れるわけにはいかないので、息子の主米を」

と要望。郁太郎は小金丸、そして平田主米と長州へ赴くことになった。

小倉周辺はすでに幕府征長軍が布陣しており、目につくといけないということで、三人は少し遠まわりをして、肥前唐津の濱崎から船で長州を目指し、十月二十九日、無事に下関の港に到着した。

この日の『白石正一郎日記』には、

「昼高杉東行（晋作）来訪 座敷へ潜伏 萩俗論大沸騰の由承ル 夜半九州より渕上郁太郎登り来」

と書かれている。

日記中にある萩俗論とは、萩の保守派のことである。高杉ら急進派は、自らを「正義派」と称し、保守派を「俗論派」と呼んでいた。

長州藩の主導権は、このときすでに俗論派が掌握していた。

高杉が白石宅に潜伏したのは、彼らに命を狙われていたからである。

郁太郎は、高杉とこうした状況を打破する方策を話し合った。高杉は九州へ行って、諸藩の同志を糾合し、俗論派と対決しようと考えていたようだが、郁太郎はこれに反対した。

郁太郎は月形に手紙を送っている。

「唯人君が、博多に潜行することについて極力とめた」

唯人君とは、高杉の九州行きに同行した福岡藩脱藩浪士・中村円太のことである。

なお、郁太郎が高杉と顔を合わせたのは、この日が最後である。

十一月三日、郁太郎は、小金丸、平田を連れて長府へ赴くと、長府藩主の毛利元周《もとちか》と面会し、今回の長州訪問の目的について説明した。このとき元周から路銀として金十両を拝領した。

十一月六日、萩に到着。すぐに藩の重役との会談の場が設けられ、九日に藩主に面会することが決まった。郁太郎らは長州藩側の勧めで城内の客殿に宿泊し、その日を待つことになった。

十一月九日、御殿に通された郁太郎は、藩主の敬親に小金丸と平田を紹介すると、福岡、対馬の二藩が幕府と長州藩の和解のために仲介する用意があることを伝え、その手順について丁寧に説明した。

敬親はときおり頷きながら、満足した様子で話に耳を傾けていた。そして一行にねぎらいの言葉をかけると、郁太郎に向かって、

「他に何か話しておきたいことはないか」

といった。

(初めてお会いしたときと同じだな)

郁太郎はそう思いながら、そのときの光景を思い浮かべてみたが、当時と大きく違うことがあった。それは、隣に頼りとする久坂がいないことである。

反発は覚悟のうえだった。

郁太郎は久坂に成り代わったつもりで、正義派の登用と薩摩藩との和解を訴えた。藩主は黙って聞いていたが、居並ぶ藩の重役らはみるみる不機嫌になり、郁太郎をうらめしそうな顔で見つめていた。

郁太郎が残した『長州周旋日記』には、このときの様子が次のように記してある。

「九日、登城。大膳様（毛利敬親）へ拝謁。家老用人多数へも面会。大小刀、鍔《つば》拝領。又御馳走被下候事。久坂義助（玄瑞）始め同盟のものへ成替り、大膳様へ諫争《かんそう》（諫めること）致候間、家老始め之者不平にて、其夜より俄に御取持手薄に相成候様相覚候事」

翌日、一行は帰途に就いた。下関に戻ってみると、福岡から早川養敬や筑紫衛《まもる》らがきていた。

「藩公の意向で、斡旋の念押しに向かう」

そういうので、郁太郎と小金丸はきた道を再度引き返し、一緒に萩に向かうことになった。

だが、郁太郎らに対する藩政府の態度は冷淡であった。

「福岡に返礼の使者を送る」

とのみ伝えると、あとは何の反応も示さず、藩主との面会もかなわなかった。そのわけを郁太郎が知ったのは、それからしばらく後のことである。

征長軍の参謀である薩摩藩の西郷吉之助（隆盛）が岩国に赴き、領主の吉川監物と会談したのは、これより先の十一月四日のことであった。

その席で吉川は、京都での騒乱は益田親施、福原越後、国司信濃の三家老が勝手に暴走したもので、

「藩主父子はあずかり知らぬことである」

と、西郷に弁明した。そのうえで、

一、三家老及び関係者の切腹。

一、五卿の長州からの動座。

一、山口城の破却。

一、藩主父子の書面による謝罪。

以上を条件として、十四日後の十一月十八日に予定されている総攻撃の中止と撤兵

を求めた。

西郷はこれをあっさりと認めた。

当初、西郷は幕府と同様に長州藩に対し、領地の削減や藩主父子への厳しい処分を考えていたのだが、これを取り下げ、吉川の提示する案で決着を図ったのには、次のような理由があった。

一、吉川監物との談判で、自らが立案した長州本藩と支藩を分裂させ、その力を削ぐという策、つまり、長人（長州人）をもって長人を制することが不可能であることを悟ったこと。
一、腹心の竹内伴右衛門らから、福岡藩など九州諸藩が内々に長州藩の周旋に動いているとの情報を受けており、長州に厳しい処分を科せば、それらの藩の動揺が大きいと考えたこと。
一、新田開発や日本海と瀬戸内海を結ぶ下関港から得られる利益により、長州藩の経済力・軍事力が、名目の石高よりもはるかに強大であること。
一、集結している幕府軍、特に徳川の譜代諸藩の装備や戦意が脆弱であり、戦に勝てる確証を持てないこと。

後に、征長軍惣督（総督）だった元尾張藩主の徳川慶勝は、長州擁護ともとれる寛大な条件を呑んだとして一橋慶喜に詰問されたとき、

「薩摩藩は表面上幕府に従っているように見せていたが、実のところ長州をかばう風があったので服罪は難しかった」

といった内容の釈明をしている。

萩の俗論派政府は、吉川から報告を受けると十分に内容の吟味もせず、西郷の気持ちが変わらぬうちにと、十一月十一日に益田と国司、十二日に福原の三家老を、御所への武力侵入の罪で次々と切腹させた。いわゆる詰め腹である。そして幕府への恭順の証として、その首を広島の征長軍に差し出すと、さらに四人の参謀も斬首に処した。

郁太郎は、このことを知らずに萩を再訪していたのである。

彼らが態度を急変させたのも、どうやらこれが理由のようだった。

三家老らの死に、奇兵隊をはじめ、長州諸隊の者たちは激昂した。彼らは藩政府からの解散命令を無視したまま、五卿を擁して山口から長府に向かうと、そこで藩による討伐に備えるとともに、俗論派に幽閉されている正義派高官の解放などを要請するため、奇兵隊総管・赤祢武人を諸隊代表として萩へ派遣した。

こうした状況の中、郁太郎は、長州藩の混乱を収めようと早川、筑紫らと、次のような方針をまとめた。

一、郁太郎と筑紫は、赤祢らが求めている正義派の解放や諸隊解散の取り消しを後押しするため、藩政府と交渉する。
一、早川は、福岡にいる月形と協力し、幕府と長州藩の和解を確実なものとするため、長府の五卿に謁し、九州動座を説得する。
一、福岡藩士の喜多岡勇平及び淵上謙三、真木菊四郎を広島へ派遣し、西郷に征長軍の撤兵を確認するとともに、郁太郎らとの会談の場を設けるよう働きかける。

この方針のもと、郁太郎は筑紫と萩に入った。十二月三日のことである。

郁太郎は藩政府に対し、次のように提案した。

「前田孫右衛門、楢崎弥八郎らを御赦免くだされば、諸隊の兵も安心し、藩内の融和も図れましょう。このことは長府藩主や清末藩主も同意見です」

しかし、対応した寺内弥次右衛門から、

「幕府軍の撤兵後でなければ、その申し出はお受けできません」

と突っぱねられ、萩行きは不調に終わった。

一方、早川は、月形とともに五卿に面会。九州への動座を依頼すると、喜多岡らの要請に応じて小倉を訪れていた西郷に会うために、土佐の中岡慎太郎を連れて海峡を渡っていった。

中岡は、このとき五卿のもとにいた。五卿が長府にきたことを聞いて、忠勇隊とともに拠点を長府に移していたのである。

早川と中岡は、さっそく西郷から下関訪問の約束を取って小倉から戻ってきた。西郷が吉井友実《ともざね》、税所篤《さいしょあつし》を連れて下関にやってきたのは、十二月八日のことだった。すぐに西郷らとの会談の場が設定され、参加者は郁太郎をはじめ、月形、早川、筑紫、中岡、それに赤祢らだった。

郁太郎は力説した。

「正義派の解放さえできれば、喫緊の課題である長州の内乱と幕長の戦争を回避することができる」

つまり、萩の俗論派政府がこのことを呑めば、諸隊との対立も収まり、長州藩が西郷と取り交わした五卿の九州動座も可能となって、幕府も矛を収めざるを得ないという論法である。

筑紫は、郁太郎の意見に賛同したうえで、言い足した。

「ただ現状では、正義派の放免はおろか交渉すらもできていない」

自然な流れで、議論はどうやって萩の俗論派を説得するか、ということに移っていった。複数の提案があったが、岩国の吉川監物にお願いすることで意見がまとまりかけたときだった。それまで議論のゆくえをじっと見守っていた西郷が、ようやく口を開いた。

「吉川殿へは私が依頼しよう。幕府の撤兵も必要であろうから、それも私が幕府惣督(総督)と話をつける」

全員がこれに賛成し、その後、それぞれの役割分担が話し合われた。

九州動座については、五卿の説得を月形ら福岡藩士が、諸隊の説得は赤祢が担当することに決まった。だが、赤祢がここで、

「一人では荷が重い」

といって、反対の意を示した。

しかし、奇兵隊の総管を務める赤祢以外に適任者も見つからないので、結局、参加者すべてが長州諸隊内の知己に働きかけるなど、赤祢の補佐を約束することで納得させた。郁太郎は双方の活動支援と、それにかかる費用調達を引き受けた。

最後に「薩長同盟」について話そうということになったが、先の課題を解決してから改めて協議の場を設定することになり、次回へと持ち越されることになった。

事態はさっそく動いた。月形が、五卿の一人である三条実美より筑前移転の承諾書を受けたのである。十二月十五日のことであった。

だが、この夜大事件が起きた。

高杉晋作が、長府の功山寺において挙兵したのだ。紺糸威《こんいとおどし》の具足を身に付け、功山寺の門前に立つ高杉の姿は、まるで絵画を見るように美しかったという。

朝から降り続いていた雪もおさまり、ときおり雲間から顔をのぞかせる十五夜の月光があたりを照らした。

（赤穂浪士の討ち入りや桜田門外での井伊暗殺も同じく雪化粧だった。そしてどちらも決起側が思いを成就している。今回も同様のはずだ）

一面に広がる銀世界を見て、高杉は自分にそう言い聞かせた。そして功山寺の階段を一気に駆け上がり本堂まで行くと、三条ら五卿に面会を申し出た。

座敷を進み、五卿の前で一礼した高杉は、

「これより長州男児の肝っ玉お目にかけ申す」

と、宣言するや騎乗の人となり、下関に向けて進軍を開始した。

彼に従う者は、伊藤俊輔率いる力士隊と石川小五郎率いる遊撃隊のほか諸隊の一部、約八十人。少数ながらも高杉が決起したのは、消極的な諸隊幹部の態度に業を煮やしたためであるが、自らが決起することで、諸隊がそれに続いてくれればよいという期待もあった。高杉は正義派と俗論派の間を周旋しようとするような郁太郎たちの動きに強い不信を抱いていた。それくらい俗論派を毛嫌いし、もちろん赤祢のこともすでに信用していなかった。

高杉は下関で藩の新地会所を襲い、そこを占拠すると、すぐに各地に檄《げき》を飛ばして兵を募るとともに、二一人足らずを率いて、軍艦を奪取するため三田尻に乗り込んでいった。

高杉の思惑どおりだった。緒戦における勝利は、奇兵隊をはじめとする諸隊を奮い立たせ、彼のもとには兵たちがぞくぞくと集結してきた。西郷はこのときのことを、家老・小松帯刀に宛てた書簡に次のように書き記した。

「頓《とん》と調和の道も絶果《たえは》て残念の事に御座候。何分にも右様の拙策《せっさく》（まずい策のこと）用いられては実に困った事に御座候」

高杉の決起により、郁太郎らは進めていた計画の大幅な軌道修正を迫られることになった。

なお、郁太郎にも高杉について語った記録が残っている。後に幕府から取り調べを受けた際の聞取書である。郁太郎は、高杉の決起について「下ノ関ニおいて暴動」と呼び、さらに自分を殺害するという風聞もあったと否定的に述べているが、一方で高杉自身のことについては「(高杉)晋作義才智衆《さいちしゅう》(一般の人々)ニ超越《ちょうえつ》致候もの」と高く評価している。この聞取書は、郁太郎の経歴が比較的正確に記載されているため、これらの言葉もある程度は彼の真意と解釈していいと思われる。

ただ高杉の決起については、幕府に恭順的な萩の俗論派政権を倒すきっかけとなったのであるから、幕府としては面白くないはずであり、郁太郎は幕府の役人から聴取されているという手前、彼らの心理を斟酌し、あえて「暴動」といった表現を使ったという可能性も否定できない。

とにかく、このとき郁太郎が一心に進めていた幕長の和解は、ひとえに長州藩の安泰のためである。その完遂、そしてその先にある「薩長同盟」の成就を胸に秘めて、この年の暮れの十二月二十八日、郁太郎は大坂へと向かった。

暗転

郁太郎の大坂滞在の主な目的は、五卿の九州での滞在資金の調達と京坂情勢の探索である。山中成太郎は、その両方について協力を惜しまなかった。そのため郁太郎は資金の心配をすることもなく、鴻池の使用人・林田勘七郎を名乗って、さまざまな情報を得ることができた。

二月七日、下関に帰ってきた郁太郎は謙三と菊四郎を伴い、旅宿・伊勢小において、土方楠左衛門、中岡慎太郎の両人と面談した。

郁太郎が大坂に向かったのは、つい一月半ほど前のことだったが、この間、長州藩をめぐる状況は大きく変わっていた。

西郷の奮闘もあって、長州を四境より取り囲んでいた征長軍はすでになく、五卿も筑前へ渡っていた。また、高杉軍との内訌戦に敗れた俗論派が政権の座から一掃され、藩論は再び「武備恭順」へと統一されようとしていた。

こうして後にいう第一次『長州征伐（幕長戦争）』は、両軍が刃を交えることなく終わった。しかし、長州に対する圧力が弱まったわけでは決してなかった。

「長州への寛大な処置に不満を持つ幕府の一部勢力が、長州藩主父子の江戸護送を要求し、これに従わない場合は討伐するとして、しきりに朝廷に働きかけている」

郁太郎は、緊迫した京地の状況をこう報告した。

これに対し中岡は、彼らの機先を制すべきと力説すると、

「薩長同盟を早く進めよう」

と急《せ》かすようにいった。

二月十三日、郁太郎は謙三を連れて福岡に入ると、月形洗蔵に会った。上京途上の西郷を捉《つか》まえ、会談を設定するためである。

打ち合わせも終わり、別れ際に郁太郎は気になっていたことを月形に尋ねてみた。

先月初めに下関から姿を消した後、行方知れずとなっている赤祢武人のことである。

「奇兵隊を脱して黒崎宿あたりにいたとの噂は聞いたことがあるが、詳細はわからない」

月形は気の毒そうな顔をして、そう答えるのみだった。

会談の機会はすぐに到来した。

西郷が博多対馬小路の鷹取養巴宅に池田次郎兵衛を連れてやってきたのは、二月十九日のことである。こちらからは、場所を提供した鷹取をはじめ、郁太郎、月形、筑紫、弟の謙三、真木の弟の直人が集まっていた。

西郷はいきなり福岡藩主宛てに薩摩藩主・島津茂久（忠義）直筆の和親書を持参したことを告げると、郁太郎に向かって、思いもよらないことをいった。

「貴藩（久留米）もこの密約に加わっていただきたい」

このとき西郷は、薩長の同盟が成就した後には西国諸藩も加え、幕府に対抗する体制をより盤石なものにしようと考えていた。

もともと郁太郎は、月形らと「薩長同盟」に筑前の福岡、筑後の久留米の両藩がそれに合流し「薩長筑同盟」をつくりたいと話していたので異論はなかったが、久留米藩では、あいかわらず有馬監物ら保守門閥派が実権を握っており、簡単に事が運ぶとは思えなかった。郁太郎が正直にその旨を伝えると、西郷は倒幕まで踏み切る覚悟を示唆しながら、

「大久保を久留米藩へ派遣するので、乗り遅れないようにしてほしい」

と、郁太郎に切論した。

この会談後、郁太郎は久留米藩家老・有馬監物に、次のような書を送っている。

「此節《このせつ》筑薩親睦之事と見聞仕候事に御座候。西郷吉之助（隆盛）も賛同致候へば、当春に相成候て之事與、島津大隅守（島津茂久）様御直書持参にて、大久保市蔵（利通）・吉井幸輔（友実）御国（久留米）へ罷出《まかりいで》候由に付、何卒《なにとぞ》御受納被下度願上候」

だが、有馬監物からは、何の反応も返ってこなかった。

やはり幕府の意向を最優先に考えるという、二百数十年にわたって摺り込まれた遺伝子は、簡単に変わるものではなかった。こうして久留米藩は、みすみす維新での飛躍の機会を逃すことになった。

この後、西郷と郁太郎を中心に「薩長同盟」の手順について話が始まった。しかし、肝心の長州藩政府の顔ぶれが大きく変わったうえ、最大の功労者である高杉は役職にも就かず、これから誰が長州藩を主導していくのかわからない状況で話を進めても仕方ないということになり、日を改めて協議することになった。

このとき思わぬ情報が飛び込んできた。

真木菊四郎が、下関で三人組に襲われ死亡したというのだ。

郁太郎はほぞを噛んだ。

長州藩内に自分の行動を快く思わない勢力があることは承知していたが、弟の謙三はともかく、多くの尊敬を集めた真木保臣の子である菊四郎に危害が及ぶことはないだろうと、郁太郎は高をくくっていたところがあった。そのため菊四郎を下関に残し、弟の謙三だけを連れて福岡に入ったのである。このことが悲劇を生むきっかけをつくってしまった。

この暗殺の首謀者は、土佐藩を脱藩して長州藩で活動していた池内蔵太だといわれている。池は『八月十八日の政変』以来、薩摩藩をひどく憎んでおり、菊四郎が郁太郎に従い「薩長同盟」に奔走していたことが、殺害の動機だという。

なお、池はこの後、同郷の坂本龍馬が結成した「亀山社中」に参加し士官となるが、慶応二年（一八六六）五月に五島沖で遭難死している。

菊四郎の横死に座は静まり返った。沈黙がしばらく続いたが、叔父である真木直人が声を振りしぼるようにいった。

「何とかして菊四郎の仇を報じたいものだ」

このとき西郷はこう応じている。

「御尤もである。できるだけの力添えを致そう」

菊四郎は二十三歳であった。

郁太郎は、真木から託された菊四郎を死亡させてしまったことを直人に詫びた。

「仕方がない」

とだけ、直人はいった。

こうした経緯もあって、謙三は下関には戻らず、太宰府において直人のもとで五卿の衛士をすることになった。

この頃、幕府はすでに長州藩主父子の江戸護送を決定しており、これに従わない場合は武力行使も辞さない姿勢を示していた。さらに福岡藩に対しても、領内に滞在する五卿をすみやかに江戸に召致させるよう厳命していた。

長州藩が倒れれば、次は薩摩藩が狙われるとの恐れからだろう。

「早く薩長筑同盟の協議を再開したい」

西郷は郁太郎らにそういい、三月になると福岡を離れ、権謀渦巻く京へ向かった。

郁太郎は西郷の後を追う準備を始めた。

早川と筑紫もさっそく福岡藩庁に対し、

「朝廷などに働きかけ、事態の円満な解決を図る」

との名目で、京行きを申し出た。幕府の命に窮していたからか、福岡藩は思いもよらない速さで二人に許可を与えた。

出発日も決まり、郁太郎が福岡での最後の打ち合わせのため出かけようとしたときだった。そこに思いがけない人物が立っていた。

行方をくらましていた赤祢武人である。

人目を避けるため、郁太郎はいったん部屋に戻って話を聞くことにした。

赤祢はときどき無念そうに唇を噛んで、奇兵隊から身を引いて、九州に渡ったいきさつを語った。そして五卿のいる太宰府において西郷と面会したことを告げると、頭を下げた。

「淵上さん、このままでは終われない。一緒に連れて行ってくれ」

どうやら赤祢は、郁太郎らが上京することを西郷から聞き出したようだった。

「早川らの了承がいる」

郁太郎は、そういって出かけていった。

「彼はすでに、長州藩内での影響力を失っている」

早川と筑紫は、赤祢を同伴させることについて反対であった。

「当初、諸隊の説得を渋っていた彼を説得して、その任にあたらせたのは我々ではないか。そういう意味で我々にも責任がある。最後まで一緒にやっていくのが筋だ」

郁太郎は理路整然と説いた。引き下がる気配のない郁太郎に、最後は仕方ないといった表情で二人は頷いた。

結果論ではあるが、郁太郎が赤祢を一行に加えたことは失敗であった。この同情が命取りとなった。痛恨の判断ミスといっていい。この後、郁太郎は維新の舞台から転落することはもちろん、さらに悲惨な未来が待ち受けることになるからである。

郁太郎は赤祢の待つ黒崎まで行って、そこから乗船し大坂へ向かった。このとき郁太郎は太宰府の商人・林田長兵衛、赤祢は筑前赤間の商人・柴屋和平と名乗った。

三月十七日、大坂に到着した郁太郎と赤祢は、中之島の津島屋に宿をとり、早川らの到着を待った。

早川と筑紫は少し遅れて、博多から別船で上坂してきた。

三月二十二日、二人が到着したので、すぐに四人で打ち合わせを行い、これからどう薩長同盟を進めていくか、まずは京にいる西郷の見解を訊かなければならないということになった。しかし、四人揃って行くのは、幕府の目が光っており危険なので、郁太郎と赤祢は大坂に残り、福岡藩の庇護がある早川と筑紫のみが京に行くことに決まった。

翌二十三日、大坂を発った早川と筑紫は、二十六日に無事に京から戻ってきた。そして郁太郎と赤祢を新地の妓楼周防屋に誘った。

「明日、西郷が大坂に下ってくるので、そこで話をすることが決まった」

早川がそう報告すると、赤袮は声を上げて喜んだ。その後、宴会となり、早川と筑紫は夜になって帰っていったが、郁太郎は赤袮の望むまま周防屋に残り、二人で酒を酌み交わした。

二人が捕らえられたのは、明け方のことであった。

大坂東町奉行所の役人が踏み込んできたのである。

朝になって、宿泊先であった津島屋の門前が何やら騒がしいので、早川は筑紫とともに階段を下りてみた。すると、ちょうど捕縛された郁太郎と赤袮が、前の通りを幕吏に引かれていくところだった。

筑紫はすぐに階段を駆け上がり、刀を持って外へ出ようとしたが、

「残念だが見送るしかない」

そういって、早川が筑紫を押し留めた。

幕吏はすぐに津島屋へも踏み込んできて、家宅捜索の末、郁太郎と赤袮の所持品のすべてを押収していった。

早川の手記には、郁太郎らの捕縛を知った西郷が、次のように発言したことが記されている。

「是迄《これまで》の密議はもるるものとし、別段の計画を樹《た》てざる可《べ》からず」

なお、この約一月後に西郷は、坂本龍馬を連れて鹿児島に下っている。薩長同盟の牽引役が交代した瞬間だった。

郁太郎と赤祢は、大坂から京の六角獄へ送られた。そこでは厳しい取り調べが待っていたが、二人は、西郷が恐れたように「薩長同盟」という真の目的について吐くことはなかった。

上坂の目的について、郁太郎は自分は非戦論者だと主張しながら、

「毛利父子と五卿を江戸に召喚するという話を聞き、そんなことをすれば内乱となるので、それを防止するためにきた」

と供述した。そのうえで幕史の訊問に応じる形で、これまでの自らの行動を、長州藩を危機にさらすことがないよう細心の注意を払いながら、順を追って話していった。

結局、幕府は郁太郎から有力な情報を得ることはなかった。それでも幕吏は、郁太郎を捕縛した名分ぐらいは何とか得ようと、誘導訊問を仕掛けたが、郁太郎はそれに乗ることもなく、あたりさわりのない言葉で対応した。

こうしたことが三月ぐらい続き、その後は獄に放置されたままとなった。

郁太郎が幕府より取り調べを受けている間に、改元があった。この年（一八六五）の四月七日、元号が元治から慶応へと改められたのである。『池田屋騒動』や『禁門

の変』など世の動乱が続いたというのがその理由だった。改元は天皇が発議するのだが、江戸開府以来、事前協議の形で幕府が関与していた。だが、今回の改元にあたっては、朝廷から協議の提案がなされた際に、幕府は孝明天皇の意向に従うという意見書を出している。明らかに時代は転換の時を迎えていた。

季節は春から夏になった。うだるような暑さが郁太郎を苦しめるようになり、体力も急速に失われていった。ちょうど真木保臣が天王山で自刃して一年がたった頃である。

郁太郎は一人きりの牢獄の中で、なぜか今になって、真木の孤独と苦悩がぼんやりではあるが、わかったような気がした。

思い切った戦略を立て、朝廷をはじめ、周りの者を巻き込みながら、いわば狂の実演ともいえるような手法で強引に突き進んでいった真木の行動に、郁太郎は反発を覚えたこともあった。だが、真木はまさしく時代の先頭に立ち、もがき苦しみながらも道を切り開いて前へ進んでいたのだ。そして今は、命を懸けて決起し、藩の主導権を俗論派から奪い返した高杉晋作……。

（私にはそれができない）

郁太郎はそう思った。

九月に入ると、郁太郎はほぼ横になって過ごすことが多くなった。

（このまま死ぬのか）

おぼろげな意識の中でそんなことを考えていたが、その後、食事が少しばかり改善されたため、ゆっくりだが体調は戻っていった。

十月になり、獄中生活も半年が過ぎたときだった。突然、郁太郎は獄を出るように申し渡され、そのまま山城国葛野郡梅津村（現・京都市右京区）に連れていかれた。

（ここで斬られるのか……）

死への恐怖が脳裏をかすめた。

郁太郎は立派な構えの庄屋の門をくぐり、離れに通されると、

「ここで待機せよ」

と命じられ、羽織・袴《はかま》を与えられた。

理由もわからず、いわれるまま着替えを終えると、そこへ身分の高そうな一人の男とお付きが入ってきた。

彼は、目付の戸川鉾三郎と名乗り、一枚の紙を目の前に突き付けた。

そこには頭書に大きく「急務」と書かれており、続けて次の五条が記載されていた。

一、公武之御間柄弥御合体被為在御政令等一途は下之人心をして令知方向度事。
一、諸侯を駕御する之大策相立諸藩一致ニ相成度事。
一、攬英雄之心事。
一、外夷御扱振先権柄を我ニ皈する上ニて開鎖之大決議被為在度候事。
一、開言路不至乱雑事。

この大意は、挙国一致で内憂外患の事態収拾に努めよ、という意味だろう。

（しかし、なぜこれを私に見せるのか）

郁太郎は疑問に思いながらも、最初に「急務」とあるので、直感的にこれは、

（一種の建白書ではないか）

と思った。

「これは柴屋こと、赤祢武人が我々に差し出したものだ」

戸川はそういうと、郁太郎の顔を覗き込むようにしていった。

「赤祢は獄から解放されれば、幕府と長州の和平に尽力するといっている。一緒に協力せぬか」

まるで命令するような口調である。

（これを赤祢が書き、しかも幕府に上訴したのか……）

聞き違いではないか。郁太郎は愕然となった。

第二次『長州征伐』の号令が発せられ、幕府がその準備を進めていることは、牢番の会話などから、うすうす感づいていた。そのため、

（これは幕府の工作ではないか）

とも思った。

しかし、赤祢が幕府にこのような申し出をしたことは事実であった。しかも彼の文書には、尊王攘夷派が最も忌み嫌う「公武合体」の文字があった。

（幕府の訊問に耐えきれなくなった末の仕業か）

一瞬、郁太郎はそう考えたが、赤祢は奇兵隊総管だったほどの人物である。

（どうも合点がいかない）

しばらく身じろぎもせず、ぼんやり遠くを見ていると、目付の戸川は苛立った様子で、お付きに目配せをした。

お付きの男は、戸川に軽く頷いたような仕草をすると口を開いた。

彼は、自分も久留米藩出身で『天誅組の変』で命を落とした酒井伝次郎とは共に家

老の有馬右近に中間《ちゅうげん》として仕えていた仲間だったと郁太郎に告げた。

そしてこう申し出たのである。

「幕長の衝突を避けるために、淵上さんの力を貸していただきたい」

彼は郁太郎より幾分年長のはずだが、言葉使いは大変慇懃《いんぎん》で、全国に志士として名の通った同郷の郁太郎に対し、十分敬意を表しているように見えた。

郁太郎は、この男の話にしばらく耳を傾けていたが、彼が自分を一年ほど前に新選組に入隊した篠原泰之進《たいのしん》だと名乗ると、目を閉じて薄く笑った。

（この男は最近新選組に入ったということだから、池田屋のことはよく知らないかもしれない。しかし、よりによって多くの同志の命を奪った新選組の者に協力を依頼されるとは……。私もなめられたものだ）

篠原は、郁太郎の変化には気づいていない様子で熱弁を続けたが、郁太郎から何の反応も得ることはなかった。

しばらくすると業を煮やしたのか、戸川はいきなり立ち上がって、

「後は頼むぞ」

と、篠原に言い残し去っていった。

その後、篠原は数日にわたって説得を行ったが、郁太郎が首を縦に振ることはなか

った。

再びもとの獄中生活が始まった。

(協力せねばこのまま自分の命は朽《く》ちる。だが、戸川の申し出を受ければ、それは長州藩を裏切ることになるし、何より長州藩が望むものでもないだろう)

郁太郎は絶望的な気分であった。

当然のことであるが、このとき獄中の郁太郎は、中岡らが新たに長州の桂小五郎、土佐の坂本龍馬を引き込み「薩長同盟」の話を進めていることを知らなかった。自分が捕縛されたことによりこの話は立ち消えになった、そう思い込んでいたのである。

(このまま何もしなければいずれ長州藩は幕府に滅ぼされるだろう。そうであれば、赤祢の提案に乗ってみる価値はあるかもしれぬ)

そんな考えが一瞬頭をよぎることもあるが、自分の心の奥底にある「助かりたい」という気持ちが、そうさせているだけではないかとの思いも交叉《こうさ》した。

暗い獄中の中で、静かに時間だけが過ぎていった。

十一月になり、今度は大目付の永井尚志より直々の呼び出しがあった。永井は、昨年の第一次『長州征伐』の際に広島に駐留しており、郁太郎や赤祢が福岡藩などを動かし、戦争の回避のために尽力していたことを耳にしていた。

その後、永井は、西郷らと進めた長州への処分が寛大過ぎたこともあり、大目付を免じられ寄合になっていたのだが、十月に大目付に復帰すると、第二次『長州征伐』の幕府問罪使として再び広島に赴くことが決まっていた。

先の遠征で幕府軍の戦国時代さながらの装備を見ていた永井は、今度の再征は無謀であり、長州との全面衝突は避けなければならないと考えていた。

そのためには、長州が幕府に恭順の姿勢を示すことが必要だった。

そこで永井は、幕府の掌中にある郁太郎と赤祢を使ってみようと思い立ったのである。

「皇国のために長州藩との周旋をすべきだ」

郁太郎の表情を探るように、永井は切り出した。

「……」

郁太郎が無言でいると、その沈黙を破るように隣の襖《ふすま》が開かれた。

そちらに目線を向けると、そこにはなんと赤祢が座っていた。

半年ぶりに見る赤祢である。頬はこけて髷《まげ》には白髪が混じっていた。

「今は幕府、長州、などといっている場合ではない。内乱ともなれば異人も襲ってくる。淵上さん、一緒にやってくれ」

「無理だ。今、我々の意見が長州で受け入れられる可能性は低い」

自分自身に言い聞かせるように郁太郎は答えた。

「それでも動かなければならない」

なおも赤祢は食い下がった。

（周旋に失敗すれば、幕府、長州藩の双方から敵視され自滅するぞ！）

そう忠告してやりたかったが、幕府の要人である永井らを前にそのことを口にするわけにはいかなかった。

赤祢の意思は変わらなかった。自分の弁舌に長州藩が耳を傾けてくれると、本気で信じているようであった。そして赤祢が、一人になってもやると主張を始めたところで、郁太郎が折れた。

（これが私の弱さであり、先生や高杉にはなれないところだ）

と、自嘲気味に思ったが、どうしても赤祢を一人だけで行かせることはできなかった。

十一月二日、二人は永井ら幕府関係者とともに京を出立し、十六日、広島に到着した。それから四日後の十一月二十日、永井は幕府問罪使として、広島の国泰寺で長州藩の使節と会談した。藩の正使は、家老の宍戸備後助と名乗ったが、実は郁太郎もよく知っている山県半蔵という男だった。長州藩はこの永井との会談のために、急遽、山県を家老・宍戸家の養子として改名させたのである。

山県は永井の質問に対し、あいまいな回答に終始した。

「それでは、当家の家来が、藩内を巡視することに同意してもらいたい」

永井はそういうと、随行させている新選組の四人の名前が書かれた名簿を差し出した。山県はそれにには一瞥もくれず、即座にこれを拒否した。交渉は遅々として進まなかった。

この夜、広島から長州へ向かう郁太郎に、一人の男が近づいてきて、新選組の伊東甲子太郎《かしたろう》だと名乗った。伊東は「篠原泰之進とは心を通わせる仲であり、水戸出身の私は尊王攘夷が信条である」というようなことをいっていたが、郁太郎にとっては新選組に属する限り、伊東も篠原も同じ穴の狢《むじな》でしかなかった。

（どうして平気な顔をして、私に声をかけることができるのか）

半ば呆れながら、郁太郎は伊東の言葉を聞き流した。

惜別

慶応元年（一八六五）十一月二十一日、郁太郎と赤祢は広島を出立した。

「淵上さん、すまない」

長州に向かう船中で、赤祢は頭を下げた。

郁太郎は、かぶりを振ると、

「あれは一年ほど前のことになるが」

といって、言葉を続けた。

下関において、西郷らと幕府と長州藩の和解を話し合ったときのことである。

「あのとき君は長州諸隊への説得を渋っていたが、それはそのことが難しいことを知っていたからだろう。しかし、我々はみんなで支援を約束して君を説き伏せた。だから……」

すこし間があって、言い足した。

「あのとき私は、たとえそれが上手くいかなくても、君一人に責任を負わせないと心に決めていた。それに知り合って間もなくのことだったが、私が幽閉された真木先生を救おうと必死になって奔走していたとき、君は中山公と久留米にやってきて、私を助けてくれたではないか」

その中山忠光も今はもういない。長州藩が第一次『長州征伐』の危機に直面していた元治元年（一八六四）十一月十五日、長府藩内の豊浦郡田耕村で暗殺されたのである。犯人は俗論派の手の者だという。享年二十。

船上の冷たい風にあたったせいもあるのか、郁太郎には赤祢の体が幾らか震えているように感じた。

二人は、長州の阿月（現・山口県柳井市）に上陸した。

阿月は、赤祢が克己《こっき》堂などで学びながら青年期を過ごした町である。

すでに藩庁から遠く離れたこの町でも、積極的に幕府軍を迎え撃とうという空気が充満していて、人々は着々とその準備に取り掛かっていた。

二人は、赤祢の知己を次々と訪ねて話をしてみたが、彼らの「和解論」が受け入れられることはなかった。それどころか「このまま藩内にいては、命の危険にさらされるぞ」と、半分脅しともとれる言葉を発する者までいた。

「もはや、我々の論が受け入れられる余地はない」

十二月二日、広島に戻った郁太郎は、永井にこう報告したうえで、自分たちの任を解くよう要請した。

「事態が早急に動くかはわからぬが、私は君を必要としている」

永井はそういって、郁太郎にこのまま広島へ留まり状況を見守るよう勧めた。

しかし、郁太郎はこれを固辞し訴えた。

「再び長州に入りたいのです」

このときの永井の対応は、意外なものであった。

彼は任務を解くことについては言及しなかったが、本当にまだ使う機会があると考えていたのだろう。居場所を報告することを条件に、郁太郎の願いを聞き入れたのである。

阿月に戻ってきた郁太郎を、赤祢は驚いた表情で迎えた。そして、絞り出すようにいった。

「藩中が主戦論で固まっている」

赤祢は郁太郎が広島に行っている間、長府や岩国などを廻っていたのだが、彼の話に耳を傾けようとする者は誰もいなかったという。

「淵上さん、危険だから藩外に脱出してくれ」

と、赤祢は郁太郎の日を見据えながらいった。

「君はどうするのだ」

「私は故郷の柱島に戻る」

「一緒に九州へ下って時勢を待とう」

郁太郎の提案に、赤祢はかぶりを振った。

これが赤祢との永遠の別れとなった。


郁太郎は一人船に乗り、下関経由で筑前の黒崎に着いた。このまま西へ向かえば福岡だが、この年の春まで共に国事に奔走していた月形洗蔵は佐幕派により斬首、筑紫衛は幽閉後に死亡していた。

長州藩と幕府の和解に協力的だった福岡藩であったが、幕府が第二次『長州征伐』を決したことで藩論が一変。動いた月形らが罪を問われる事態となっていたのである。

早川養敬も幽閉中であると聞き及んだので、郁太郎は南西へ進路を取った。長崎街道を通り田代までくると代官所を訪ねた。そこで平田大江に面会するつもりだったが、あいにく彼は息子の主米を連れて対馬に行っているということだった。

郁太郎は悩んだ末、一度実家に帰ってみることにした。

ただ戻ってきたことが知れれば捕縛される恐れがあったため、町人姿になって、久留米城下を迂回するように筑後川沿いを西へ進んだ。そして佐賀藩領から柳川藩領を通り、慶応元年（一八六五）十二月二十三日の夜半、郁太郎はようやく故郷の水田にたどり着くことができた。

文久三年（一八六三）二月、謹慎を解かれてすぐに京へ出立してから、二年と十月ぶりの我が家であった。天保八年（一八三七）生まれの郁太郎は、すでに齢二十九。志士として活動した期間も、四年近くになっていた。

老父母は、黙って郁太郎を迎え入れた。

「苦労をおかけして申し訳ありません」

そういって、頭を下げ、床に腰を下ろそうとしたときだった。

「御無事でしたか」

なつかしい声が聞こえた。振り返ると、妻の政子が立っていた。胸元にはぐっすりと眠っている娘の巻代がいた。不在中に生まれた巻代とは初対面である。

「いくつになったか」

「もう三歳になりました」

政子は笑顔で答えた。

後はお互い言葉にならなかった。

郁太郎は、二階に上がるとすぐに横になった。しばらく隣で寝ている巻代の頭をやさしく撫でていたが、肉体、精神ともに限界だったのであろう。そのまま眠ってしまった。

政子は夫の寝顔をじっと見つめながら、そっと布団をかけた。

翌朝、目が覚めて一階に下りてみると、両親と妻に加え、義父の下川瀬平が何かを話し合っていた。

一同の深刻な表情を見て、

（私が変節したとの噂は、ここにも達しているのだな）

と思った。

「身を潜めて命を保て」

そういったのは父の祐吉である。

すかさず、隣に座っていた義父の下川が言い足した。

「太宰府に行って身の潔白を告げ、三条卿に一身を委ねることも考えたが、今はそのときではない。ただ、ここにいてはすぐに噂になる」

故郷ではなく、どこかへ身を隠せ。これが身内の意志であり、結論だった。

おちこちの わたくし雨に くもる日の
晴れゆくかげを いつとかまたん

この短歌を残して郁太郎が家を出たのは、年が明けた慶応二年（一八六六）一月二日のことである。

妻と娘の姿を目に焼き付けながら、

（必ず戻ってくる）

と、郁太郎は心の中で誓った。


郁太郎は再び肥前の田代に向かった。そこには対馬藩家老の平田大江をはじめ、多少知り合いもおり、また、太宰府にいる弟の謙三や水田の家族と連絡を取り合うのに、最も適した場所だと判断したからである。

郁太郎は平田の紹介で知り合い、田代に滞在するときはいつも自宅を提供してくれていた神官の三橋参河守を訪ねた。ここで初めて、平田父子が昨年の十一月に対馬藩内の権力争いで命を落としていたことを聞かされた。

郁太郎の落胆は大きかった。

共に国事を語り合った同志が、またこの世を去ったことになる。

（四年前に水田を出て以来、志半ばで多くの仲間たちが命を落としたが、思えば、その一人一人に重要な役割があったような気がする。では一体、自分の役割とはなんなのだろうか）

このときの郁太郎は、自らの潔白を訴えるために生きながらえているようなものであった。

（そもそも時代は、自分に何かの役割を用意しているのだろうか。私の一生には意味があるのか……）

「これから田代では、私を頼ってください」

三橋は励ますようにそういうと続けた。

「今日からこの家も、自由にお使いいただいて結構です」

郁太郎は三橋の好意に感謝の言葉を述べた。

これより郁太郎は、林田恭平を名乗った。

三橋宅での生活にもようやく慣れてきた三月一日のことだった。郁太郎は太宰府の謙三から一通の手紙を受け取った。そこには赤祢武人が長州藩により処刑されたという衝撃の事実が記されていた。

前年の十二月、赤祢は郁太郎に告げたとおり、故郷の柱島に戻り、潜伏生活を始めたが、すぐに長州藩士・槇村半九郎に捕縛され、抗弁の機会も与えられないまま、年が明けた一月、山口の鰐石河原において処刑されたのである。享年二十九。

赤祢の訃報を知って以来、郁太郎は極力外出を控えるようになった。三橋は何もいわなかったが、郁太郎は得られる数少ない情報の中から、自分に対する疑惑の目がますます大きくなっていることを感じていた。

(このままここに留まっていれば、三橋にも迷惑をかけることになる)

そう考えた郁太郎は、三橋にこれまでのお礼をいうと、三橋宅を辞することを伝えた。長州藩が大島、芸州、石州、小倉の四境から侵攻してきた幕府軍をことごとく撃退し、藩内が戦勝に沸き返っている頃のことである。

すでに土佐の坂本龍馬や中岡慎太郎らの斡旋により「薩長同盟」の密約も締結され、郁太郎が理想とする世がいよいよ実現へと大きく動き始めた時期でもあった。

皮肉なものである。最初に「薩長同盟」という大きな歯車を動かし始めたのは、郁太郎のはずだった。その郁太郎は、今や表舞台に立てなくなり、逃げるような潜伏生活を強いられているのだ。郁太郎は、佐賀、柳川領内を転々とした。そして三池領内に入り、藩医の阿部俊哲のもとを訪ねたのは九月上旬のことであった。

真木と昵懇《じっこん》だった塚本源吾の同志である阿部とは、顔見知りである。

突然の訪問に驚きつつも、かつて郁太郎に近づき、仲間のように振る舞っていた者たちが急変していくのを見て憤りを感じていた阿部は、進んで寝食を提供してくれた。

これより郁太郎は、最後の変名となる春介を名乗った。

十月になって、三橋が郁太郎を訪ねてきた。三橋は幕府と長州藩が休戦したことや太宰府の近況、さらに田代の様子などを知らせてくれた。その後は懇談となり、三橋が阿部宅を出ようとしたときは、すでに日暮れとなっていた。

三橋が田代に帰るにあたり、郁太郎は太宰府にいる謙三宛ての手紙を託した。それは弟から求められた金子《きんす》について返答したものだった。

当時、五卿の太宰府での滞在費用は、福岡藩をはじめ、薩摩、久留米、佐賀、熊本の各藩が拠出していたのだが、十分な金額ではなく、一衛士である謙三は、活動費はもとより生活費などすべてを自ら調達しなければならないような状況にあったのである。

兄・郁太郎に対する疑惑の深まりとともに、謙三の生活は、いつからか監視されるようになっていた。

特に謙三と同じく五卿の警衛をしていた水野正名などは、自らが中心となって活動している「久留米勤皇党」の者らに命じ、謙三の一挙手一投足にまで目を光らせていた。もともとそのプライドからか、郁太郎の志士としての活躍に否定的だった水野である。その強い猜疑心が、弟である謙三に向けられるのは、ごく自然の流れだったのかもしれない。

水野は、三橋から謙三のもとへ届けられた手紙の内容を密かに確認すると、これを郁太郎からのものであると断定した。水野の謙三への仕打ちは、氷のように冷たく、非情だった。

水野は三条実美に対し、

「淵上謙三は、変節者の兄・淵上郁太郎との交際を未だ続けております」

と報告し、断を求めた。

「士道を以て申し開きをせよ」

これが、御前に引き出された謙三に対し、三条が発した言葉である。これはつまり、切腹して潔白を証明しろということに他ならない。三条は謙三の言い分を聞こうともしなかった。

　七卿が長州に下ってきた当初、三条はしばしば心情が不安定になるときがあり、そんなとき謙三は、寝ずに三条の臥床の側に控えていた。これは一度や二度ではない。謙三には、国家のため三条を一心に支え続けてきたという自負があったはずである。水野に促されたとはいえ、なぜ三条はこのような言葉を簡単に口にできたのだろうか。高貴な身分の人々によく見受けられる冷血さからだろうか。それとも郁太郎はもとより謙三たち尊攘攘夷の志士を、消耗品とでも考えていたのか。理解の範疇を超えているとしかいいようがない。

　三条の言葉を聞いた謙三は、

「これからの私の行動をもって、これ以上兄を疑うことはやめてほしい」

と、同僚らに宣言すると、宿泊先の小野加賀邸へと戻っていった。結局、水野はこの謙三の最後の願いさえ、無視することになる。

　謙三は、用意した紙に次のように書き記すと、庭先に出て自刃して果てた。

　満腔赤心自不疑　（満腔《まんこう》（全身）ノ赤心《せきしん》（偽りのない心）自ラ疑ハズ）
一死長為忠義鬼　（一死シテ長ク忠義ノ鬼ト為《な》ラン）

慶応二年（一八六六）十一月十日のことである。享年二十六。

謙三の死は病死として処理され、遺体は太宰府天満宮の南にある執行嶺と呼ばれる場所に埋葬された。

七日後の十一月十七日、郁太郎は弟が自刃したことを、水田より駆け付けてきた義父の下川から知らされた。

郁太郎はいったん水田に戻ることを決し、日暮れを待って三池の阿部宅を出立した。自宅に到着すると、監視の目がないかを慎重に確認して中へ入った。

祭壇には弟が愛用していた短刀が置いてあった。自刃のときに使ったものである。

郁太郎は、薄暗い蠟燭《ろうそく》灯の下で、筆をとり、惜別の言葉を捧げた。

少し長くなるが、全文を記しておきたい。

慶黄二丙寅冬十有一月十七日藤原祐広（淵上郁太郎）
謹以清酌庶羞之奠敬祭於舎弟藤原祐利（淵上謙三）之神霊。
嗚呼祐利資性英列潔白、深憤夷虜之猖厥立志而出国四年于茲矣。
今以我之故受同寮之疑遂自割裁其腸辨寃理、去死日漸隔九日、

吾初聞其訃神心脳辞実不知所為、既而思吾固以身欲狥国家嘗無不正之行、
然逢時之不偶動則雖衆人之嫌疑常以不為意、今果為我失子、是吾之罪大也。
昨日及読子残呈于両親之書且満腔云々之語、
腸実寸断血涙如雨嗚呼吾死猶有余罪焉。
然吾死則兄弟寃死而兄弟之志皆不達。
況亦無供養于両親之主然則今非吾死之日昭々乎明矣。
於是憤発激昂而欲遊京師。臨発具清酌祭子之神霊。
果有神霊之存則亨此清酌与吾区々之赤心、
神霊護吾身而達子与吾之志悲泣謹祭。尚亨。

我が子を失った両親、志半ばで死なねばならなかった謙三、弟の死を背負いながら生き抜こうとする郁太郎、彼らの心中は察するに余りあるものがある。

慶応三年（一八六七）となった。翌年の九月に改元される「明治」という日本の新しい世を、郁太郎が迎えることはない。

依然として郁太郎は、三池領内の阿部宅に留まっていた。ときどき水田から義父の下川が食料などを持ってきては、雑談をして帰っていく。そういった単調な生活を送

っていた。

この頃、新選組の参謀・伊東甲子太郎は、隊士の新井忠雄とともに、九州遊説の旅に出ていた。もともと尊王思想の彼らは、すでに新選組からの分離を決意しており、このときの遊説も、九州の尊王の志士と交流することが目的だったといわれている。

伊東らは船を乗り継ぎ、一月二十二日、豊後の佐賀関に上陸。肥後を経て、二十七日に筑後の三池に到着すると、塚本源吾を訪ね、彼の家に宿泊した。

翌一月二十八日の伊東の日記には、

「阿部、下川、渕上などいふ人々来会」

との記載がある。

阿部、下川、渕上とは、それぞれ阿部俊哲、下川瀬平、淵上郁太郎のことである。塚本は珍客を紹介しようと、三人を自宅に招待したのである。図らずも郁太郎は、伊東とあの広島以来、一年二月ぶりに顔を合わせることになった。

前回と同じく、気さくに声をかけてきた伊東に対し、郁太郎は二言三言あいさつ程度のやりとりをしただけだった。

翌日、伊東は新井と別れ、塚本とともに太宰府に向かった。

二月四日、水野正名や真木直人らと面会した伊東は、その席で五卿への拝謁を求めた。そのとき水野は断固としてこれを拒否した。

だが、すぐその後に水野は態度を急変させた。

それは、伊東が三池の塚本宅で郁太郎と会ったことを話したときだった。

「郁太郎は謀反人である。排除する必要があると考えている」

身を乗り出しながら水野はそういうと、こうも続けた。

「そのときは仲間として認めるし、五卿を紹介してもよい」

これは伊東に、暗に郁太郎の殺害を依頼する発言であった。

「郁太郎はそんな男ではない」

隣にいた直人は、これを直ちに否定した。

このときのやりとりが頭に残っていたからだろう。後年、真木直人は、郁太郎の暗殺について水野を名指しまではしなかったが、五卿随従の久留米勤皇党の仕業だったと『日知録』で示唆している。

二月六日、三池に戻ってきた伊東は、新井に太宰府でのことを話した。すると新井は伊東にこう進言した。

「巷《ちまた》にいます」

長州藩の勝利によって世間に溢れ出てきている、にわか勤皇派を使って郁太郎を殺害しましょうという意味だった。

新井はこうも続けた。

「彼らは甘い汁にありつくために、功を焦っています」

（我らも同じようなものだろう）

伊東は新井の言葉が妙におかしかったが、そのまま新井の提案に乗った。

新井は広田彦麿《ひこまろ》をあたってみることにした。

広田は柳川藩内にある広田八幡宮の神官で、勤皇家を称し、月並みな学問や武道は身につけているのだが、一方で徒党を組み、粗暴な振る舞いが多いと噂されている人物である。

二月九日、三池で伊東と別れた新井は、そこから三里（約十二キロ）ほど北にある広田八幡宮を訪れると、広田に会って郁太郎の暗殺を持ち掛けた。

「面白そうだ」

新井の思惑どおり、広田は協力を約束した。

広田は四年ほど前、当時沖永良部島に遠島となっていた大島吉之助（西郷隆盛）を救出するため、天草から船を出すという無謀な計画を実行したこともある。功を焦っていたとしてもおかしくなかった。

さっそく広田は数人の者を呼び、新井とともに三池の阿部宅を目指した。阿部宅に近づくと、新井らはそこを遠巻きに囲んで中を覗ったが、郁太郎がいる様子はなかった。その後も何度か行ってみたが、状況は同じであった。

そこで新井は広田の情報網を使って、広範囲に郁太郎を探してみることにした。広田のもとへ郁太郎の所在がもたらされたのは、新井が太宰府方面へ去ってからすぐの二月十八日のことであった。

郁太郎は広田八幡宮からほど近い、柳川藩領の下妻郡山中村（現・福岡県みやま市）に潜んでいた。

広田は、新井なしで郁太郎を殺害することを決めた。そして午後になって仲間を集めると、郁太郎の住む小屋へ向かった。

その小屋は矢部川を望む小山の麓《ふもと》にあった。広田は仲間の数人を郁太郎に察知されないように、遠まわりをさせて小屋の上方《じょうほう》に廻り込ませた。斜面の上から有利に襲撃しようという魂胆である。彼らが着いたのを確認すると、広田は他の仲間にも配置に着くよう指示した。

枯葉を踏む音で郁太郎は異変を察知した。あわてて刀を摑み外に出てみると、そこにはすでに十数人の覆面をした男たちが三手に分かれ、包囲するように立っていた。

「何者だ」

郁太郎の声に、彼らは一瞬たじろいだが、すぐに刀を向けて大声を発しながら斬りかかってきた。あの新選組の刃も切り抜けた男である。郁太郎は、それらをかわし、背後に敵を廻らせないよう間合いを計りながら、近くの大木のもとへじりじりと後退していった。

最初の斬り込みをみれば、実力は並以下のようだったが、いかんせん多勢である。ここで何者かもわからぬ連中に殺されるわけにはいかなかった。

生きるためには、逃げるしかなかった。

(大人数であり、背を向けて逃げれば、追い付かれて斬られるだろう。そうであれば眼前の敵を斬り、彼らが怯《ひる》んだ隙にそのまま正面突破する以外にない。川の向こうは久留米藩領だ)

そのときだった。郁太郎の脇腹にいきなり鈍い痛みが走った。背後の木でちょうど死角となったところから、長槍で刺されたのだ。

郁太郎は左手で槍を引き抜くと、腰を抜かしたように座り込んでいる男を斬ろうとした。しかし、今度は正面の敵が次々に斬りかかってきたため、それに応戦せざるを得なかった。郁太郎は死に物狂いで、襲いかかる刃を受け、敵に向かって何度も剣を振り下ろした。その形相はまるで鬼のようであった。弟の謙三が辞世の句に詠んだ、あの「忠義の鬼」である。

郁太郎の気迫に押されたのか、その後は長い睨み合いとなった。斬り合いによる刀傷は軽いものだったが、最初に槍で突かれた脇腹の傷が致命的だった。いくら手で押さえても溢れるように出てくる血は、一向に止まらなかった。その傷は深く、腸《はらわた》の損傷も激しかった。どれくらい時がたったのだろう。薄闇に包まれた林の中で、郁太郎は多量に血を流しながら、崩れるように倒れ込んだ。

しだいに薄れていく意識の中、郁太郎は現実か幻想か、政子が大好きな白い蘭の花を見た。師・真木保臣の教えに従い、志士としてさまざまな苦難を乗り越えながら国家のために命を賭した二十九年と四月の生涯、まさに維新という大いなる時代の渦に全身全霊を傾けた激動の人生であった。

郁太郎が静かに息を引き取ったとき、眼下には夕日に川面を光らせた矢部川がいつものようにゆっくりと流れていた。

こうして久留米出身の志士・淵上郁太郎は、くちなしとなった。

あとがき

『一将功成りて万骨《ばんこつ》枯る』

唐の曹松《そうしょう》の詩の一節である。

その言葉のとおり、明治維新においても「元勲」と呼ばれた一部の者が地位と権力を得て、我が世の春を謳歌する一方で、志半ばでその命を散らした多くの者たちは、万骨となった。

淵上郁太郎も、後者の中の一人である。

今では、地元でさえもその存在は枯れようとしている。

このことがこの本を書こうと思った理由である。

残された少ない記録の中で、彼の生きざまを忠実に再現しようと、日時、登場人物などできるだけ正確に書き記したつもりである。もし、これがきっかけで、彼が再度認知されるようなことになれば幸いである。

この本を書くにあたって、淵上郁太郎をはじめ、弟の謙三、そして真木菊四郎の終焉の地を巡ったので、まずそのときの感想などを述べたい。

淵上郁太郎が暗殺された場所は、現在の福岡県みやま市瀬高町廣瀬の山中集落である。

昭和三十年（一九五五）筑後市郷土誌研究会発行の『淵上兄弟』に、水田村から山中村に嫁入りしていた、田中きたという女性の目撃談が記載されているので紹介しておく。

彼女は郁太郎が殺害される現場を、自宅の東側の窓から見ていたそうである。

「既に日没した頃現在の山門郡東山村山中部落字手附地蔵菩薩の西一本楠の間に突然呼子の笛を吹鳴らし叫声上り、騒然となったので驚いて注視すれば血気の士十数人は、覆面頭巾を冠《かむ》り堅く武装を整え、一斉《いっせい》に襲来し、一人を囲んで衝突激烈な有様であったが夜を徹して戦いは続けられ、払暁《ふつぎょう》（夜明け頃）に至って鎮静した。翌朝になって愈々《いよいよ》淵上氏が殉難したことを認知した」

これを読めば、郁太郎は十数人を相手に夜を徹して戦ったとのことだが、さすがに人間の物理的な能力から考えても、少し大げさではないかと思う。ただ死から逃れるため郁太郎が暗殺者たちに一心不乱に抵抗したことは間違いないだろう。

郁太郎の殉難地となった所は、周辺より少し小高くなっており、見晴らしもよく、南側に山、北には矢部川と、敵の襲来から身を護るには最適の地である。

さすが郁太郎が潜伏地として選んだ場所である。

その場所には昭和十七年（一九四二）に有志の手で建立された「淵上郁太郎殉難之地」の碑が立っていたが、平成二十三年の道路拡張工事に伴い、現在は二百メートルほど南西の広場に移設されている。

弟の淵上謙三は、そこから北へ約四十キロ、太宰府天満宮の神職であった小野加賀邸の庭先で自刃した。

遺体は百メートルほど南にある高台で、地元の方が執行嶺と呼ぶ場所に同僚の手によって手厚く埋葬された。

謙三の自刃の地及び埋葬場所には、それぞれ碑が立っている写真が残っているが、私がそこを訪れた際には、残念ながらどちらも見つけることはできなかった。埋葬された執行嶺の方は草木が生い茂っており見つけられなかったのだと思うが、自刃の地は民地であろうから碑は撤去されたのかもしれない。

最後に真木菊四郎の殉難地であるが、場所は現在の下関市峠之町、日本銀行下関支店から道を挟んで北側にある。かつてそのあたりは「藪《やぶ》之内」と呼ばれていたということだから、暗殺者にとっては都合のよい場所だったのだろう。

現在、そこには昭和三十二年（一九五七）建立の「真木菊四郎殉難之地」の碑が立っている。

菊四郎の墓は、赤間神宮裏の紅石山《べにし》にあり、毎年、彼が殺害された二月十四日には、墓前祭が営まれている。なお隣は、郁太郎はもとより、多くの志士たちに協力した下関の豪商・白石正一郎の墓である。

ここから郁太郎の妻、政子について書きたい。

郁太郎の死後、政子は一部の心ない人々からの陰口に耐え、郁太郎の老父母の面倒を見ながら、水田の地で一人娘の巻代を育て上げた。巻代は婿養子を取り、明治十四年（一八八一）に久代を生んだ。郁太郎と政子の孫である。それから三十年後の明治四十四年（一九一一）十一月十五日、政子が七十三歳のとき、ようやく郁太郎の功績が認められ、政府より贈正五位が授けられた。このとき地元水田村役場の講堂には、数千の参列者が集まり、郁太郎の叙位を祝ったという。

それと前後して、郁太郎の遺体が埋められた場所が判明。そこから遺骨や歯、印籠《いんろう》、袴《はかま》の片々が掘り出され、政子のもとへ届けられたのである。

ひ孫の野田倭文子氏の手記によれば、そのとき政子は、

「二日も三日も食事もとらず、小さい骨壺の前に凝然《ぎょうぜん》と座りつづけた」

という。

それから五年後の大正五年（一九一六）三月十三日、政子は娘と四人のひ孫らに看取られながら、その波乱の生涯を閉じた。七十八歳だった。

ところで、郁太郎は「薩長同盟」が実現した後、どういう国の形を思い描いていたのだろうか。これは大変興味のあるところだが、残念ながら資料が残されていないため、そのことに触れることができなかった。

また、彼の容姿についても資料を発見できず、写真や肖像画もないようなので、これも記述しなかった。

終わりに、この小説を書くにあたって、文芸社の皆様をはじめ、ご協力くださった方々にお礼を申し上げて項を閉じたい。

松崎　紀之介

福岡県筑後市大字水田の地に建つ山梔窩。「くちなしのや」とも呼ばれた。
この建物は、昭和43年（1968）に復元されたもの。（提供：筑後市）

真木和泉守保臣の銅像。福岡県久留米市の全国総本宮水天宮内の境内にある。（提供：全国総本宮水天宮）

文久３年（1863）に起きた「八月十八日の政変」後、京から長州へ落ちる、三条実美ら尊王攘夷派の７人の公卿たちを描いた『七卿落図』。（山口県立山口博物館所蔵）

福岡県みやま市廣瀬の山中に立つ「淵上郁太郎殉難之地」の碑。「維新の志士」の文字とともに、その死後「正五位」が贈られたことが刻まれている。

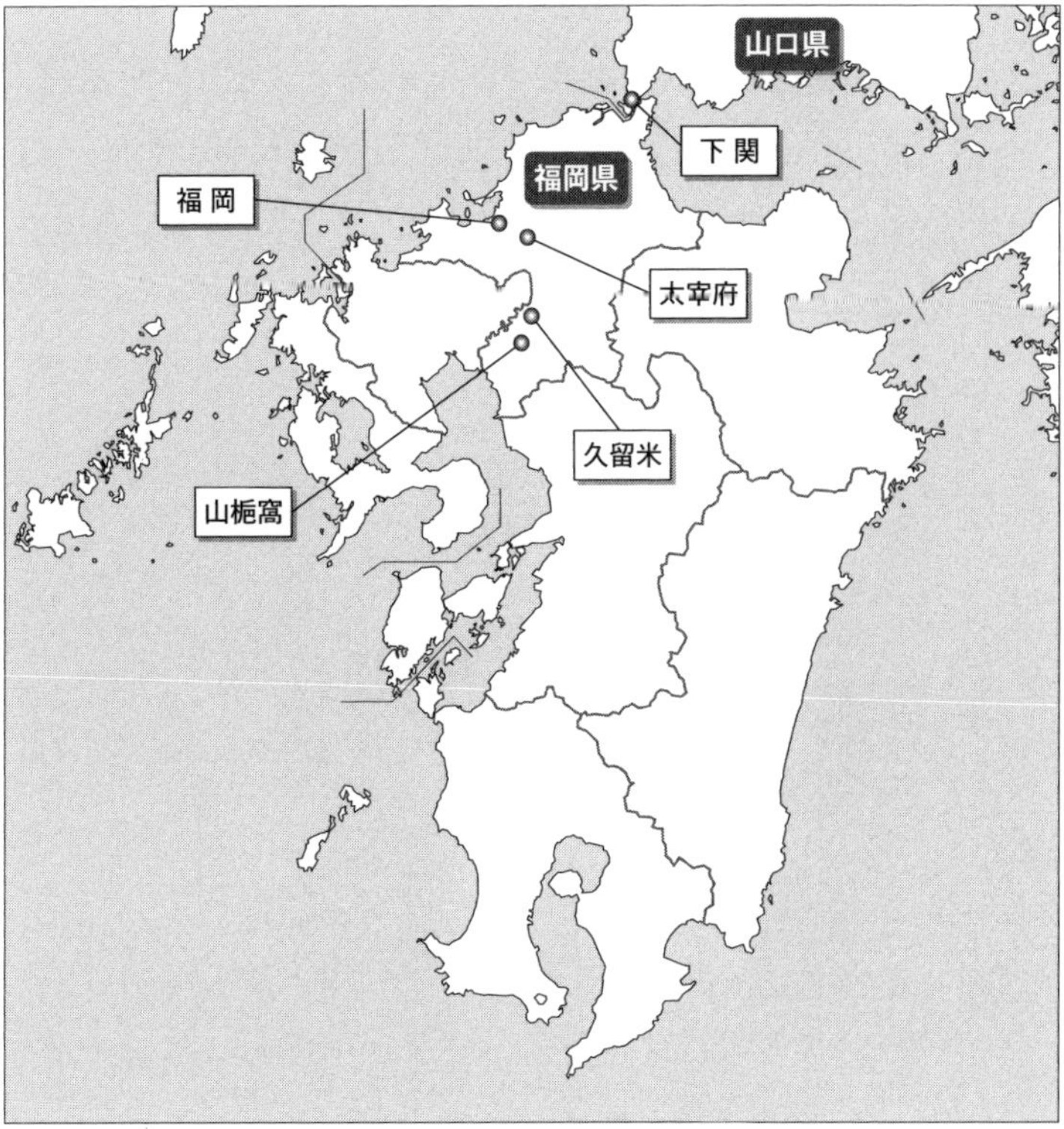
山口県
下関
福岡県
福岡
太宰府
久留米
山梔窩

【参考文献】

『淵上兄弟』筑後郷土史研究会編（昭和三十年）
『赤根武人の冤罪』村上磐太郎著（柳井市立図書館／昭和四十六年）
『真木保臣』山口宗之著（西日本新聞社／平成七年）
『平野國臣傳』春山育次郎著（平凡社／昭和四年）
『久坂玄瑞』（復刻版）竹田勘治著（マツノ書店／平成十年）
『平田大江父子傳』岡崎茂三郎編（富岡政信／明治二十九年）
『白石家文書』下関市教育委員会編（国書刊行会／昭和五十六年）
『定本 奇兵隊日記』（上・中・下巻）
田中彰監修 田村哲夫校訂（マツノ書店／平成十年）
『補修　殉難錄稿』（中篇）宮内省藏版（吉川弘文館／昭和八年）
『筑後市史』（第一巻）筑後市史編さん委員会編（筑後市／平成九年）
『久留米市史』（第二巻）久留米市編（久留米市／昭和五十七年）
『筑後の史跡 山梔窩』右田乙次郎著

【参考文献】

『山梔窩忠士伝 筑後篇』筑後市教育委員会・筑後郷土史研究会（筑後市教育委員会・筑後郷土史研究会／昭和五十四年）
『山梔窩祭に祀られる五〇人の志士』山口光郎著（平成六年）
『幕末維新史上の英傑「真木和泉」』山口光郎著（平成二年）
『高杉晋作』冨成博著（長周新聞社／昭和五十四年）
『資料 赤禰武人』一坂太郎編（東行庵／平成十一年）
『久坂玄瑞遺墨』一坂太郎著（東行庵／平成六年）
『松下村塾の人びと』海原徹著（ミネルヴァ書房／平成五年）
『長州藩「幕末維新の群像」』山口県立山口博物館編（山口県／平成三年）
『明治維新の敗者と勝者』田中彰著（日本放送出版協会／昭和五十五年）
『新選組・池田屋事件顛末記』冨成博著（新人物往来社／平成十三年）
『天狗争乱』吉村昭著（朝日新聞社／平成六年）
『天誅組紀行』吉見良三著（人文書院／平成五年）
『清河八郎の明治維新』高野澄著（日本放送出版協会／平成十六年）

著者プロフィール

松崎 紀之介（まつざき きのすけ）

1966年12月2日福岡県生まれ。

1989年長崎大学卒業。

くちなしの志士 ～淵上郁太郎の幕末～

2021年3月15日　初版第1刷発行

著　者　松崎 紀之介

発行者　瓜谷 綱延

発行所　株式会社文芸社

〒160-0022 東京都新宿区新宿1－10－1

電話 03-5369-3060（編集）

03-5369-2299（販売）

印刷所　株式会社フクイン

ISBN978-4-286-22244-8